Belkis Cuza Malé

¡lagarto, lagarto!

Colección Narrativa

Linden Lane Press   **Fort Worth, Texas**

¡lagarto, lagarto!

ISBN-13: 978-0913827178
ISBN-10: 0913827177

Linden Lane Press
P.O. Box 101582
Fort Worth, TX 76185-1582

lindenlanemag@aol.com

Rapsodias habaneras para sordos

Vida, Pasión y Exilio
de
Claraluz

Rapsodia de la dulce Habana

La Habana, insondable, perpetua,
destilando el olor de todos los mares,
de todos los epítetos,
de todas las ideologías que te cercan.
Te has quedado sola,
una vieja dama sola en medio del destino.
Ayer se marcharon los ingleses con sus tropas,
nadie los quiso,
porque hablaban
en lenguas (al menos, en la lengua del otro)
Y al fin y al cabo La Habana era de Pepe Antonio,
que ni apellido tenía, o recordamos,
pero defendió con los dientes su villa,
y se hizo estatua en el parque.
Luego se marcharon los otros,
los indeseables "gusanos",
y un día comenzaron a irse uno a uno
los del Vedado, Miramar, Santo Suárez, Almendares,
La Víbora, Párraga (¡hasta los de Párraga!).
Y otro día, se ahogaron en la bahía tus niños,
tus mujeres,
tus viejos
cuando los demonios
hundieron a coletazos el remolcador.
Ahora sus espíritus
flotan como algas, enredados entre tiernas sonrisas
y corazones de mujer.
Amores no te faltan,
ni hachas, ni martillos,

ni hoces, ni mitos.
Tú, La Habana soñada, elegante,
fina como señorona de salón,
con trenzas y cañones,
convertida en cementerio de
                    turistas,
es decir, de gente sin alma
que visita tus ruinas,
como si fueras Pompeya.
Nuestro Nerón anda todavía vivo
planeando cacerías,
locuras.
La Habana arderá como la famosa
zarza,
promete,
si lo atacan.
Y si no lo atacan
arderá igual porque él sueña con la
Historia.
La Habana,
perdida en el horizonte del miedo
se hizo una noche al mar y aún no
la encuentran.
No ha arribado a ningún puerto.
Pobre Habana, pobre mujer y niña
violada por las sombras.

El rapto de Claraluz

En noche infernal, con relámpagos y truenos partiendo el cielo, y lluvia a mares, una sombra burló el ojo del celador, que a esas horas se paseaba por el barrio habanero de San Lázaro. Resguardado bajo la marquesina de una vieja mansión, no pudo ver cuando aquel bulto con capa negra de fraile se escurría por un costado del edificio de la Beneficencia, para depositar en el torno su preciosa carga: una recién nacida, de ojos negros y pelo rojizo.

Claraluz sería su nombre de pila, pues así estaba escrito en un arrugado papel que las monjas encontraron entre las ropas de la criatura. Claraluz Valdés, como se apellidaban todos los que eran entregados a los cuidados solícitos de ese orfanato, creado por obispo de gran fama, y mejor corazón, que no vaciló en acogerlos como hijos propios.

En aquel caserón que el nuevo siglo veinte demolió, pero que en La Habana de intramuros fue símbolo de caridad y virtud, creció la pequeña Claraluz. Como el resto, el pecado de sus padres quedaba a las puertas de la institución, y sin más señas de identidad pasaban a integrar sus filas.

Allí se crió hasta la edad de siete años, al amparo de manos amorosas, la Claraluz de esta historia, sin que nunca se supiera de cierto quiénes fueron sus padres, ni quién aquella extraña sombra que una noche de tormenta tropical, desafiando las inclemencias del tiempo, la despositase en el torno. Y que en otra, no menos tormentosa, y haciendo gala de extraños hechizos se introdujo, disfrazada de ama de llaves, para salir por la puerta principal de la mano de aquella niña de carita redonda que no parecía extrañarse de nada. Luego, cuando se dio la voz de alarma, una monja creyó haber visto al mismo diablo a la entrada del comedor.

Así desapareció para siempre de la Beneficencia, tan misteriosamente como había llegado, la Claraluz de ojos negros y pelo rojizo

La ciudad despertaba de su sueño de independencia, y abundababan los hechos delictivos, por lo que la policía local no tuvo más remedio, al cabo de una larga e infructuosa búsqueda, que dar por cerrado el caso. Los periódicos capitalinos apenas si habían publicado la noticia, sólo unas cuantas líneas, llenas de interrogantes y de asombro, que más bien parecían dejar al lector la potestad de sacar sus propias conclusiones.

La Habana, una ciudad que desfila

Corría el año 1959, enero, para ser exactos, cuando Claraluz, una joven de melena rojiza y ensortijada por la permanente en boga, se dejaba arrastrar por las calles de La Habana, del brazo de Federica. Desfilaba ahora ante los ojos admirados de las dos mujeres un ejército de melenudos con grandes barbas. Pero más que guerrilla vencedora, semejaban una de esas alegres comparsas de Regla, que en noches de carnaval se desplazaban al son de cornetas y tambores por las calles del centro. Noches de fuego y artificio que duraban hasta el amanecer.

Sin embargo, ahora los espectadores vibraban a un ritmo distinto, mezcla de admiración y júbilo, donde las lágrimas de ayer comenzaban a diluirse ya en esa masa compacta y verde de la extraña soldadesca: barbudos que en lugar de cananas y balas, se cruzaban el pecho con crucifijos y collares de semillas de damajuana, rojas y negras, o del color de la madera, oliendo aún a monte, a raíz. Eran los sobrevivientes de una guerra que en el breve plazo de dos años aniquiló una época.

Rapsodia I

Guantanamera
        (canta Joseíto Fernández)

El muerto bien muerto está,
lo mató la muerte,
lo mató un teniente en Ayestarán.
Bolero del muerto muerto,
en Centro Habana, en la Capital.
Lo escuché,
a las tres,
así fue,
la hora en que mataron a Lola,
        ya lo sé.

El muerto bien muerto está

—¿Qué diría Alvaro si nos viera ahora, Federica?

—No me hables de ese canalla, que bien muerto está.

Claraluz no pudo evitar sonreir para sus adentros. Aunque de ningún modo quería compartir con Federica su resentimiento contra el difunto, se sentía aliviada al recordar que Alvaro estaba muerto. Casi en un susurro se le escapó aquel "le daría otro síncope", que Federica pareció no oir.

El médico se baña

Un mal de ánimo que ya no tenía remedio ni en las horas más agitadas del día le crecía en el pecho, y con él la incertidumbre, la vieja obsesión que horadaba su impenetrable código personal de valores. Ambición, poder, gloria, amor y odio fundidos en uno solo, ocupaban con inflexible terquedad su escala, formando una masa compacta, de un material más fuerte que la lógica o la razón. Dándole forma a la expresión austera que siempre exhibía. Porque era un hombre de rasgos duros, donde brillaban con intensidad casi macabra un par de bolitas azules, afiladas, con ese mirar tan suyo, de médico que ha conseguido el respeto de sus pacientes a fuerza de imponerles el miedo. No a la muerte, sino a la vida, que el doctor les hacía ver absolutamente insostenible, a menos que se tuviera su fortaleza o su condición privilegiada de profesional con éxito.

Porque el éxito era la salud para Álvaro Sánchez y eso lo sabían todos sus pacientes. Lo creían superior, hombre intachable, un caballero que transmitía la sensación de triunfo con sólo estrechar su mano. Uno de esos médicos que tienen su sala de espera repleta de ricos que se creen inmortales, y de pobres que gastan lo que no tienen, porque ven en aquella visita su única salvación.

Cuando todos se marchaban y el atardecer se filtraba por las altas celosías de colores, Álvaro Sánchez abría con ansiedad las puertas que daban al balcón y aspiraba grandes y sostenidas bocanadas de aire, hasta que ya no podía más. Buscaba la línea imposible del mar que adivinaba detrás de los viejos tejados color tierra, pero el cielo caía como una cortina azul sobre los edificios hasta perderse en el paisaje del crepúsculo. Eso era todo en aquella ciudad, un mar que se presentía, que se adivinaba.

—Apúrate, chica, a las diez tengo a los pacientes aquí. Alcánzame la toalla.

—Ya voy, ya voy.

—Pero, ¿por qué te demoras tanto, Claraluz?

—No grites más, Álvaro. Aquí tienes la toalla.

—¿Está lista la bata? —alargó un brazo peludo por la puerta de cristal de la bañadera.

—Sí, ya Federica me trajo la ropa planchada.

—¡Federica, siempre Federica! Yo no sé por qué tienes que darle la ropa a lavar a Federica. Ya sabes que no me gusta nada cómo la deja.

Claraluz no contestó, conocía el viejo odio de su marido por aquella mujer desde la época en que todos los jueves visitaba a su amigo, el doctor Salvador Morales. La inquina era mutua, pero Federica balanceaba sus sentimientos con un cariño especial por Claraluz. La conocía de niña y por eso, a pesar de Álvaro Sánchez, estaba siempre dispuesta a ayudarla. Al médico no le había quedado más remedio que permitirle la entrada en su casa, aunque a condición de que nunca lo hiciera cuando él estuviese allí. Por eso, los martes y jueves, de dos a seis de la tarde, que era el tiempo que el doctor pasaba en la calle visitando a sus enfermos, Federica iba de un sitio a otro de la casa poniendo orden al desorden incesante de Claraluz.

—Esa vieja tonta me ha vuelto a dejar demasiado tiesa la bata. ¿Tú crees que hay derecho a que le hagan a uno esto? Si es que parezco un maniquí.

Estaba furioso y se miraba al espejo dando paseítos nerviosos por la habitación.

Cuando Álvaro Sánchez comenzaba a enfurecerse, Claraluz se iba al fondo de la casa y encendía la radio.

—¿Sabes una cosa? —estaba de pie a su lado y no había cambiado el tono agresivo—. Le puedes ir diciendo a esa desgraciada que la próxima vez que le eche tanto almidón a mis batas no le voy a pagar ni un centavo más.

Era un Álvaro Sánchez distinto, muy distinto al que

conocían sus pacientes.

Dio media vuelta y se alejó tratando a duras penas de contener su furia.

Claraluz sintonizó su novela de las 10 y se dejó caer en una cómoda butaca que había situado allí para relajarse mientras oía sus historias preferidas. A aquel cuarto de desahogo donde solía refugiarse no sólo iban a parar las cosas inservibles de la casa, sino sus pensamientos más íntimos y caprichosos. Allí los escondía de Álvaro y también de ella misma.

Tema de la novela de las diez

Craq, craq, crag... soy yo, Blancanieves, soy yo, el Hada Madrina. !Oh, perdón, tú no eres Blancanieves sino Claraluz! Crag, crag, crag, Qué risa me das, viéndote así, sentada en ese sillón, a tus años y con ese marido tan viejo. Despierta, despierta, que se te acaba la novela de las 10. El galán se ha caído en un pozo. Yo lo salvaré, yo lo salvaré. Bueno, si tu quieres, si no lo dejamos que se ahogue.

A la verdad, Claraluz, yo no te critico. Si te casaste con ese viejo baboso, eso es cosa tuya. Las razones las entiendo, a mi manera, claro. Cada uno tiene las suyas, y seguramente la gente sabe lo que dice y por qué lo dice. Álvaro Sánchez casi mata a su mujer, por lo menos es lo que he oído, aunque otros lo veían como hombre recto. Para mí que fue un tirano de basura, un medicucho metido a decente. ¿Que fue un error que te casaras con él? Bueno, eso es algo en lo que no me meto; a lo hecho, pecho. Pero, la verdad, es que tú estás muy joven todavía para que no te sacudas ese fantasma de encima. Que no te quepa la menor duda, hija, Álvaro Sánchez es ahora un espíritu atrasado. Tienes que hacer algo y pronto, porque de lo contrario querrá seguir pegado ahí a ti, haciéndote la vida imposible. Si lo sabré yo. Tienes que darte una buena limpieza y hacer un buen trabajo espiritual para alejarlo. Si es que me erizo toda, porque ése de seguro que me está oyendo. Por eso yo, por si acaso, cuando bajo las escaleras me agarro bien del pasamanos porque él es capaz de tirarme de lo alto. Y eso que yo sí que voy bien protegida. Tú sabes poco de todo esto, pero no es bueno vivir en la inocencia. Si tú quieres, te llevo hoy mismo a casa de una señora, ella te sacará todos los malos espíritus del cuerpo. Hay que actuar rápido. porque a lo mejor ya tienes el de Álvaro Sánchez alojado en el hígado, esperando el momento oportuno para metérsete en la sangre y llegarte al corazón. Entonces sí que te convertirías definitivamente en un pelele suyo y adiós Claraluz.

Monólogo de Federica

—Mi marido es alto y rubio.
—¿Qué más?
—Viste y calza a lo francés.
—¿De qué color tiene los ojos?
—Verde limón.
—No, no lo hemos visto por aquí.
—Tiene colgada al cuello una cadena con la medalla de
  la Virgen de la Caridad del Cobre.
—Pues aquí no hemos visto a nadie con esas señas.
—Soy la viuda inconsolable.
—¡A formar, que se acabó el recreo!
—En seguida, Sor María.
—Niñas, por Dios, adentro, que se acabó el juego.

La paloma blanca
La paloma blanca / que
del cielo bajó / con las alas
doradas / y en el pico una hoz /
De la hoz a la uña / de la uña
al trompón/ vale más mi dinero...

Rapsodia II

Rapsodia de la Sombra

Tejados rojos
puertas amarillas
cielo caramelo
y niños color grillo
En lo alto se posa la lechuza,
luna sin espejo,
el mar flota como natilla
y yo me muevo sigilosa entre la bruma
de La Habana castrófila.
Mi razón de ser es ser más
víbora.
En tiempos del Ché
yo era su ayudante de campo
y jugué a la brisa y me deslicé
sin ser vista
hasta las celdas
de los condenados a muerte.
Soy sombra y bruma
y también sé no ser.
Soy Lina, la aguerrida.
celestina.

Historia de Lina

Sepan desde ahora los lectores que Lina Gorgona es un personaje irreal. Vivió y murió y volvió a vivir por obra y gracia de la escritura. Su existencia tiene un objetivo preciso: unir las partes inconexas de esta historia, entre real y fingida, a la que he querido ir introduciéndolos de la mano de la imaginación. Un secreto: esta historia peca de no ser lineal, y no lo es porque sería un modo falso de contar.

Tengan en cuenta que todo suceso vital se desarrolla paralelamente en tiempo y espacio a cualquier otro, de modo que sólo poseyendo el don de la ubicuidad se podrá decir que hemos sido partícipes de los hechos que nos ocupan. De igual modo me resulta por tanto inmoral contar uno tras otro los hechos, sin conectarlos entre sí.

Otras pistas sobre Lina Gorgona

Lina Gorgona, mujer de raíz popular, fue creada según algunos en 1840, el Año del Cuero en Cuba. Sí, porque agarraban a la gente, fuese conspirador o no, y lo amarraban a una escalera y dale que dale. Muchos, para que no les siguieran pegando hasta matarlos, confesaban haber participado en reuniones secretas encaminadas a fomentar la sublevación de la Isla contra el gobierno español. Esta Lina Gorgona era hija precisamente de uno de esos infelices negros obligados a confesar a fuerza de torturas.

Sus padres eran esclavos de la familia Rubiera, y como la niña era prodigio de belleza —había nacido extrañamente rubia y de ojos azules—, y se hacía querer, a los veinte años los Rubiera la enviaron a estudiar a París. Allí la joven Lina se hizo amiga de un viejo alquimista, Jacques Pourait, famoso porque ideó el método de convertir el agua en energía eléctrica. Con Pourait, Lina concibió a Linita, a la cual —no se sabe por qué— abandonó pronto en manos de su padre, que no tardó en fallecer. Como se desconocía el paradero de la madre, la niña fue a parar a un establecimiento público de beneficencia, donde le perdimos el rastro.

Luego resultó que los Rubiera lograron que Lina volviera a Cuba y allí murió. Según el acta de defunción que hemos localizado en el Archivo Nacional, el médico de los Rubiera, un tal doctor Alberto Martínez Herrera, la dio por muerta una vez que comprobó que el extraño mal que la aquejaba había afectado irreversiblemente su cerebro, señalándose además que los órganos de locomoción fueron paralizándose y todo el cuerpo se cristalizó, aunque le seguía latiendo el corazón. Al cabo de tres noches con sus días, el doctor Martínez Herrera declaró a los Rubiera que

24

como nunca antes había visto algo similar, ni creía obra de Dios que una mujer conservara intacto su corazón en condiciones tan extrañas, firmaría el acta de defunción haciendo constar su asombro ante semejante fenómeno y con la esperanza de que hecho tan repugnante no viniera como consecuencia de pactos con el Diablo.

A pesar de los esfuerzos del doctor Martínez Herrera por mantener en el más estricto secreto el caso de Lina Gorgona, la noticia de su muerte en tan extrañas circunstancias se filtró y llegó a correr de boca en boca. Un día, incluso, se supo que en Cabaiguán, provincia de Las Villas, había nacido una hermosa niña de cristal. La recién nacida falleció no bien hubo cumplido las venticuatro horas, a consecuencias de lo que se llamó entonces un mal sin causas aparentes.

Sin embargo, la Lina que yo conocí, y de la que quiero dar testimonio aquí, había nacido en 1910, en el pueblo de Limonar, Matanzas. Era hija de un lechero y de una mulata y les aseguro que en nada se parecía a aquella Lina Gorgona de igual nombre que se cristalizó. La Lina que me ocupa es de un material más duradero, que ha hecho de ella una vieja insufrible. Es regordeta, casi pelona y vive en La Habana Vieja, con un hijo de treinta años y una niña de doce, que supongo nieta suya. No sé si es hija de su hijo, porque en nada se le parece, aunque debe unirlos un parentesco cercano.

La niña se llama Claraluz y de no ser por algún encargo de Lina, no la veríamos nunca. Supongo que Lina tiene miedo de algo, pero no me imagino de qué.

Otra pista: un pintor renacentista

El pintor pinta. Tiene los rasgos abocetados sobre el lienzo: una mujer blanca como la nieve, manchas de luz sobre la frente. Ojos violeta. Tez finísima. Una madona. Una madona helada como una muerta. Una mujer que esconde su prisa tras un sombrero. Una mujer del Renacimiento, con mucho dinero y un marido que aprendió a leer en el Código de Amurabi. Por la ventana de su estudio, el pintor —distraído tan sólo un instante— ve cómo el cura de la parroquia muestra un pajarito a una señora bien vestida, uno de los muchos que tiene en su patio interior con macetas y flores por todas partes. Es una escena sin pintoresquismo: el cura tiene metida la mano en el bolsillo izquierdo de la sotana y el otro brazo alzado sobre la jaula, como diciendo: "Esta es mi presa". Crueldades menores, residuos, pobres residuos de la condición animal del hombre, que los alquimistas de la razón intentan doblegar a fuerza de esquemas ideológicos. En pleno siglo XVI este pintor ha renunciado a todo para consagrar sus horas al retrato de madonas. Pero no siente satisfacción en su trabajo porque piensa que aquello no es arte. Pintar mujeres es pintar para comer. De ahí su frustración, su complejo. Porque la señora que tiene sentada en el banquillo no es nada para él. Viéndola así, piensa, cualquiera creería en su lado bondadoso, que es el lado izquierdo. Pero nadie se llame a engaño, es como todas, frívola, mentirosa, una anarquista de la razón, una bruja bien pagada.

El pintor es un renegado misógino, desprecia el sexo femenino, quizás demasiado gratuitamente. Odia a las mujeres, porque sólo ha conocido cuerpos, envoltorios, telas, polvos de arroz y colorete. Besos de chocolate. Sin embargo, el pintor tiene miedo a equivocarse. Pinta mujeres como ángeles y tal vez por esa razón todas quieran hacerse un retrato con este señor misterioso que las mira con odio. Es un viejo odio acumulado con los siglos, de padre a hijo, de hijo a... El abuelo del pintor decapitó a una mujer, una vieja que se le interpuso en su camino, y a consecuencias de ese crimen murió en la horca y estuvo colgando más de un mes, pues nadie se atrevía a descolgarlo de allí y darle cristiana sepultura. Decían que estaba maldito y que con sólo tocarlo su maldición alcanzaría al que lo intentase. Se quedó en el esqueleto, porque el sol y la lluvia terminaron rápidamente por hacer el resto. Su hijo, que fue lazarillo de ciego, creció también en el odio a las mujeres y ya de jovenzuelo caminaba por las calles con una cuchilla muy afilada con la cual gustaba cortar a las jóvenes, sin que ellas se percataran hasta mucho después, cuando la herida se enfriaba y comenzaba a doler. Pero el odio del pintor tenía matices distintos, era un odio más cruel, que le llevaba a pintar como ángeles a criaturas a las que de buena gana hubiera degollado, si en vez de pincel su instrumento de trabajo fuera un bisturí. Transformándolas en seres alados se solazaba en la mentira; sentía el placer de verlas humilladas ante una imagen irreal de la que se apropiaba sin pudor alguno tan pronto como les entregaba el retrato.

Aquella mujer blanca y fría que ahora esbozaba en el lienzo le producía, sin embargo, una extraña y paradójica tristeza, como todo lo que participa de lo intemporal. Ese mismo mes se prometió, en un arranque de energía, mezcla de rechazo y ardor, que daría por terminado el retrato, para librarse cuanto antes de la presencia de esa mujer. Sí, Lina Gorgona era ya su obsesión más inmediata y él no sabía por qué.

La lanchita de Regla

Lina se sube al tranvía que va hasta el puerto y es la primera en apearse, dando codazos como si todavía estuviera en edad de esos bríos.

Repleta hasta el cogote de un público tan ansioso como ella, la lanchita de Regla parecía moverse como gelatina. Desde la ventanilla, Lina contempla el mar sucio de la bahía habanera y parece ensimismarse en sus aguas verdosas. Su cuerpo traquetea con la pequeña embarcación, mientras ésta se impulsa hacia la otra orilla, en medio del calor sofocante de los días. La mano regodeta sobre la frente sudorosa y pálida, la boca en ese mohín de desagrado que no la abandona nunca. Una niña traviesa le da con el pie. Respira profundo y levanta la vista hacia lo alto, con fingida distracción. El radio del vecino la molesta. Está cantando Barbarito Díez. A Lina no le ha gustado nunca la música barriotera, la de la gente que se va los sábados a bailar a la Tropical. En su casa, que era una casa de huéspedes cuando ella era una niña, le tenían alquilada una habitación a un pianista y su mujer. Un artista muerto de hambre que tocaba a Lecuona para ella y su esposa, una rubia teñida, incapaz de ocultar las raíces negras del cabello.

Al acercarse al muelle de Regla, suspira con alivio, moviendo impaciente las piernitas, enroscadas durante todo el viaje para que la niña malcriada no vuelva a molestarla. Aunque la travesía no ha durado más que cinco minutos, a Lina le ha parecido eterna, porque le falta paciencia, sobre todo para los tumultos. La empujan, la aprietan, le sacan el aire —porque todos quieren salir a un mismo tiempo—, pero ella se las ingenia para estar entre los primeros en abandonar la embarcación.

Teñida de luz en un mediodía vulgar, la iglesia parecería resaltar como un monumento de piedra. Lina sólo se demora lo necesario. Cuando al cabo de unos minutos abandona el templo, camina oronda, con una sonrisa macabra en los labios torcidos. En su cartera yacen ahora escondidos los tres cabellos sagrados que ha logrado robar a la Virgen de Regla. Era, se dice, el último detalle que le faltaba.

Durante meses había recorrido los timbiriches de Reina, Monte, Cuatro Caminos. Incesantes idas y venidas bajo el sol abrasador, preguntando en todos los sitios, sin resultado alguno.

Sobre las ocho de la noche regresaba a su casa, con la cartera repleta de estampas religiosas. Santos y perfumes extrañísimos con que la atosigaban los vendedores ambulantes.

Amarrado a la pata de la cama, el gallo se ponía muy inquieto cuando la veía aparecer, como si adivinara sus pensamientos. Aunque indiferente al mundo que la rodeaba, el gallo parecía volverse loco cuando sentía sus pasos, y corría hasta donde le daba la soga tratando de ponerse a salvo.

La habitación de Lina era una sórdida covacha, con las ventanas clausuradas por un enorme escaparate; llena de otros muebles inservibles y botellas y artefactos sin aparente uso. Las paredes estaban recubiertas con estampillas de santos y vírgenes, y en el suelo, desplegadas como improvisada alfombra, varias hojas de periódicos. Santa Bárbara presidía un rincón entre manzanzas disecadas y dulces de grajeas, y sobre la mesita que ocupaba la otra esquina, una vieja y destartalada hornilla eléctrica le servía para cocinar sus alimentos y pócimas.

Soltando al aire sus zapatos de tacones demasiado altos para ella, se fue a buscar un orinal blanco esmaltado que tenía debajo de la cama, en el que se sentó con agilidad de niña, para luego vaciar su contenido en una botella de boca ancha, que tapó y volvió a colocar en un rincón del cuarto.

Llueve en La Habana

Cuando llueve en La Habana no tiene para cuando parar. Una lluvia tormentosa que agarra desprevenidos a transeúntes y a cuanto ser vivo ande sus calles, y los hace buscar refugio debajo de los amplios soportales. Llueve, y un río de papeles, de cartones, de pasquines políticos, de ramas y hojas corren enloquecidos por las calles, ahora convertidas en riachuelos, lavando, refrescando la tarde.

Cuando la lluvia cesa, tan de improviso como llegó, vuelven a hacer sus rondas los vendedores ambulantes, y la gente se sacude como perros con pulgas, las cabezas empapadas.

—Ni en Muralla, señora, ni en Muralla. ¡Mire qué tafetán para la capa de la Virgen!

¡Virgen de Regla!, compadécete de mí, de mí.

En pie de guerra

No había amanecido aún, cuando Lina se acercó a la cama de Claraluz para despertarla con una orden:

—Necesito mi faja, este pantalón encogió mucho cuando lo lavaste la última vez, así que, rápido, que estoy de prisa. Seguramente atacarán esta noche. Ya se lo llevaron a Él y tú ahí como si no estuviéramos a punto de que se acabe el mundo. Porque óyelo bien, si los americanos desembarcan, la isla completa va a arder.

Se levantó de un salto, sin saber con exactitud a qué se estaba refiriendo Lina, todavía atontada de sueño. Pero no era difícil presumirlo. Sus sentencias categóricas no dejaban lugar a dudas cuando hablaba en término de amenazas extranjeras. Inventadas por el Máximo Máximo Máximo Líder.

Corrió a un gavetero donde Lina guardaba sus colecciones de fajas. No es que tuviera alguna que sirviera para algo, pero maniática como era, conservaba toda la ropa interior que ya había dejado de usar, porque a veces descubría —y en eso no le faltaba razón—, que lo que había desechado en un momento dado le venía como anillo al dedo en otro. Eso solía ocurrir con frequencia, por lo que Lina acostumbraba a conservar fajas de todos los modelos y colores que había usado durante su ya larga vida. Algunas tenían el aspecto de corsets para enfermos de la columna vertebral, otras habían perdido su elasticidad y recordaban su cuerpo fofo, grasiento. Cuando abrió la gaveta superior, un olor penetrante, a cuerpo sudado, le dio en la cara, porque las cosas viejas y demasiado usadas conservan siempre el antiguo olor del cuerpo, y Lina era muy vieja para oler a rosas.

Escogió una al azar, pero la desechó enseguida por otra que a simple vista le pareció en mejores condiciones. Sabía que

31

el resto era francamente inservible, pero no dijo nada. No tenía sentido llamarle la atención sobre el hecho, lo mejor era permanecer en silencio y ayudarla a que terminase cuanto antes su atuendo, cosa nada fácil porque Lina era un rollete de grasa, pellejos y baba, y un ser muy difícil de complacer. Quería que una vieja faja recogiera toda la grasa sobrante de su abdomen. Su cuerpo pequeño y regordete, donde sobresalía la piel de corteza de naranja, era la estampa viva de un cerdito que se moviera, sin embargo, con la agilidad de los de su raza.

La vejez, implacable con los que le temen, es como un torpedo lanzado a un objetivo. Ni mil pócimas lograrán renovar ese cuerpo; ni mil potingues asquerosos, tomados en ayuna para aligerar el hígado, obrarán el milagro deseado sobre esa piel que se pudre cada día. Ni mil tintes lograrán dar vida a ese pelo al que la falta de oxígeno y vitalidad ha terminado por quebrar: pelo de maíz, pelo de paja, pelo de vieja que ella no quiere recoger en un moño sobre la nuca, sino que deja suelto, con el atrevimiento con que quiere someterlo y los colores insultantes que usa, para desafiar a los que la observan con escepticismo burlón.

Porque Lina adora el rojo con rayos violetas, en esa cabellera que ya no puede más. Cuando cada mañana se mira al espejo no puede evitar una sonrisa de espantapájaro.

Gatear, volver al punto de partida, sería cosa fácil para Lina, ducha en magias y reencarnaciones, pero de qué puede servirle todo eso ahora. Ha llegado incluso a sentir cansancio de ella misma, de tanto renacimiento absurdo. Quebrar una y otra vez sus múltlipes personalidades ya no parece hacerla feliz.

El espejo, que todo lo sabe por viejo y por sabio, no se cansa de lanzarle a la cara su sueño imposible de eterna juventud; porque hasta Lina, para no perecer, debe morir un poquito cada día, romper con brusquedad cada nuevo rostro, cada piel tras la que se esconde, hasta que la vejez vuelve a acosarla de nuevo, y siente que es hora de arrancarse a tirones ese pellejo ajeno que acaba de usurpar.

Las transmutaciones de Lina

Aunque encuentra placer en estos cambios de personalidades —como ser inestable que es—, no sabe por qué va de un sitio a otro, de un país a otro, huyendo de ella misma hace quizás miles de años. Y por eso ruge como fiera en sus tardes de profundo desvarío y se siente perdida si no emprende una nueva vida, si no sale a la calle con su nuevo disfraz, el que más se ajuste en ese momento a la compulsión de la novedad.

Pero a ratos, para no morir de aburrimiento dentro de su pellejo, Lina salta de una personalidad a otra sin abandonarse totalmente a ninguna en particular. Es entonces que la sorprendo en la cocina de Celia Sánchez, la eterna amante y secretaria de Fidel Castro. Lina se ha convertido ahora en Rosa, la cocinera privada de Celia, pues con ese vicio y esa virtud que la distingue a un tiempo, recoge en su casa a cuento hijo o hija de guajiro encuentre en su camino. Rosa es parienta de uno de los que se alzaron con ella en la Sierra Maestra. Amulatada, gorda, sabichosa, simpática, practica como Celia las artes de la brujería oriental.

Sabe qué platos le gustan más a la Ministro, y cuándo son propicios los hados a sus mejunjes. Tiene la habilidad de combinarlo todo con éxito. Por ejemplo, el carnero con el plátano frito, sin que nadie note que se trata de un ofrecimiento a los dioses, una obra de santería en la que tanto ella como Celia son duchas. Se las maneja con los gallos, con las gallinas y las palomas y conoce como nadie las hierbas que traerán la felicidad o el poder: rompe saragüey, apazote, escoba amarga, pensamiento, rosas, gardernias, azucenas, mucha azucena es lo que necesita esta casa, esta gloriosa casa para mantenerse a salvo del mal de ojo y la contrabujería de la CIA, que seguramente le están echando, Celia, que yo sé que se la mandan en los cigarritos

33

mentolados americanos que usted fuma. *Ay, pero es que me gusta tanto el tabaco rubio. No soporto los Populares ni los Aromas. Es algo superior a mí, Rosa, me parten el pecho. En cambio, el olor del tabaco rubio americano, de Virginia, me hace sentir distinta. Yo sé que es un capricho.* Pero usted puede abandonar el cigarrillo americana, hermana. *Ya no sé que hacer, Rosa, yo invoco todos los días a Changó, a Yemayá, a todos. Pero tengo miedo de que no me oigan.* La cadena de oro que ponerse en el tobillo romperse ayer, hermana. Uhhhh, esa señal no gustarme nada. Pero usted ser fuerte, muy fuerte, hermana. Lo malo es que usted ser parachoque de toito lo que madarle a Fidel y usted coger todo eso malo pensamiento regao por ahí. Usted tener que cerrar casa con siete candao. Y esa vaca allá arriba, hermana, esa vaca que Fidel tener en el techo, poner en peligro lo otro. Se caga todo lo día en la cabeza de usted. Influencia maligna de la vaca poner mala amófera aquí. Yo querer ayudarla, pero no saber cómo. *Hermano congo, ¿qué debo hacer?.*

Despierta, despierta, Rosa. ¿Vino el hermano congo, no?

Sí, pues ojalá que le haya dicho muchas cosas buenas, yo me voy a la cocina. ¿Qué quiere comer hoy? ¿Carne asada, carne con papas o enchilado de camarones? Lo que quieras, Rosa, lo que quieras. Recuerda que a Fidel no le gusta encontrarse la cebolla en la comida.

Lina brigadista

Oh, Lina, pequeña brigadista sanitaria de la Federación de Mujeres, entusiasta con el mal ajeno, transitando una ciudad en terca soledad. Hay mil pájaras como Lina, que como ella se alimentan de algodones y agujas hipodérmicas. Viejas centauras Viejas rencorosas, deseando que venga la guerra, que venga, sí señor, poque de ese modo podrán mostrar la prontitud de las manos ajadas y la eficacia de la sabiduría eterna a fuerza de años. Viejas de salón y boticas, cansadas de ver pasar la vida, recostadas a los mohosos balcones de sus casas habaneras, dispuestas a lanzarse a las calles a curar piadosas la enfermedad patriótica que cunde por todos los sitios, que se arrastra por las calles como sierpe desdeñosa de lo perecedero. Porque morir por la patria es vivir, dicen, pero se arremolinan junto al líder, y bajan la cabeza y aplauden, mientras que para sus adentros lanzan un sonoro ¡solavaya!, que vaya sola la muerte, que a mí no me toque, que si un yanqui asoma su cabeza rubia, como la de aquel Fonseca, la del poema lorquiano, que no, que no, que no se quieren morir, que se mueran los otros. El vivo al pollo...

Lina huele a miel descompuesta, a acidez estomacal, a violencia, a inyecciones de vitaminas sudadas, porque en los tiempos que corren basta la pasión para bañarnos en salud, para que la felicidad de Lina --que es el mal ajeno--, se lleve a buen término. !Qué frustración la suya si no llegasen nunca los yanquis, qué mala suerte, qué desilusión para esta vieja carroñera que se quedará sin su presa!

La Brigada Sanitaria de la Federación de Mujeres (no de hombres) está movilizando, por si acaso, a sus viejas aves. Las quiere tener a mano. Y ellas, encantadas, así se libran por un rato de sus fastidiosas tareas hogareñas, de hacer colas para la carne, para el arroz o la galleta, que llegan cualquier día. Así no oyen por un rato a sus viejos maridos quejándose de la artritis como perros asmáticos, y se libran de sus nietos, con boquitas tragalotodo, que hay que vigilar las venticuatro horas. Y qué bien están allí todas, agrupaditas en la Brigada como en un cómodo gallinero, hablando de sus cosas. ¡Qué rico cuchichear de lo lindo, ponerse al día en la vida ajena —que no es tan ajena en estos tiempos—, sino que les incumbe a todos, porque hay que estar muy claros como dice la consigna, de modo que todos sepamos lo que hace el otro, lo que come, qué muebles tiene, qué obsesiones padece, con quién se acuesta, y hasta cuándo va al baño a hacer sus necesidades, y para todo eso se vigilan los unos a los otros, las otras a las otras! Y en eso Lina es una experta, pues pasó cursillos de entrenamiento de vigilancia ajena y le dieron una medalla que siempre lleva colgando del cuello.

He aquí ahora a las ex exclavas de la escoba y el plumero, a las antiguas cocineras de casa, a todas toditas, reunidas en franca camaradería, jugando al juego de las enfermeras, esperando al yanqui salvaje para ponerles la inyección mortal y lanzarlos en uno de esos spuknits soviéticos al espacio infinito de la muerte. Burguesas también algunas y ex afiliadas del Havana Yacht Club, que no quisieron irse, o no pudieron, o prefirieron ver lo que sacaban ahora del nuevo sistema, con maridos diplomáticos, o aspirantes a departamentos de un ministerio. Viejas que han dicho adiós a sus amigas, al pie de la escalerilla del avión que las llevaba a Miami y han corrido a sus casas a ponerse el traje de Brigadista Sanitaria, viejo sueño alcanzado. !Que no, que no, que Miami no es tan divertido! Aquí me siento superior, aquí soy superior, le doy lecciones todos los días a esas viejas que no saben lo que es un tenedor, ni qué cuchara se usa para qué, ni de paso saben lo que es humanisno, esa palabra tan huhuhu...

Lo malo es que el uniforme ha llegado tarde, muy tarde, y ellas lo saben. El vientre y los senos por el piso. La vieja panza sin remedio a estas alturas. El pelo requeteteñido. Y aquí en plena Habana ya nadie se cuida de ocultar nada. Ser fea es un galardón. La belleza es un signo de debilidades burguesas.

36

La casa sin Lina

Sin Lina y Él la casa parecería que aumentase su ruina. Claraluz ve la pared carcomida como nunca antes, el amarillo cenizo con que está embadurnada, los marcos sucios de puertas y ventanas, el mobiliario envejecido. La luna opaca de los espejos. En un tiempo, ya lejano, Lina había contratado a una mujer que venía una vez a la semana y limpiaba y ponía orden. Pero para entonces la casa conservaba aún cierto empaque, cierta vejez digna, que hacía incluso posible imaginarla como un hogar bien llevado y próspero. Pero un día —no está claro por qué— le pidió a la mujer que no volviera más —quizás para que sus compañeras de la Brigada Sanitaria no la acusaran de burguesa—, y la casa fuera adquiriendo el aspecto ruinoso y desordenado que tenía ahora.

Debajo de la cama de Lina, entre el polvo y los periódicos viejos que conservaba allí para escupir por las noches, se acumulaban sus zapatos —viejos y sucios también—, pasados de moda, comprados en sus distintos viajes, los que realizó al finalizar la guerra, cuando Lina visitó Europa acompañada de su marido. Eran zapatos muy simpáticos, casi todos negros, sedosos o de gamusa, con formas estrechas y caprichosas, tacones de muy variado estilo; zapatos en fin con los que seguramente logró sentirse cómoda, pero de los que era incapaz ahora de deshacerse. Lo que más le inquietaba de la casa era el cielo raso, cayéndose a pedazos, con todo el yeso desprendido, a punto de partirle la cabeza a cualquiera, y para lo que Lina conservaba detrás de la puerta de la cocina una vara de madera, muy larga, con la que desprendía los pedazos que a simple vista estaban a punto de caer.

Pero esta operación de Lina sólo se producía cuando ella, por aburrimiento, miraba hacia el techo. La veía entonces correr hasta donde tenía la vara y en una operación más bien ridícula, la emprendía con el cielo raso, lanzando al suelo enormes trozos que de caerle a alguien encima seguramente darían al trasto con su vida. Luego volvía cansada y sudorosa a dejar la vara en su sitio y se olvidaba del cielo raso durante semanas, hasta que un día cualquiera —otra vez por aburrimiento— volvía a mirar hacia el techo. No se sabía cómo, pero aquellos pedazos parecían reproducirse con velocidad agobiante. A ratos, como al descuido, se oía un estruendo y se venían abajo —con tanta suerte para los habitantes de la casa— que nunca herían a nadie, como si no se propusieran el mal, sino la aventura gratuita de caer al suelo, lo que tampoco parecía alterar el ritmo de aquella casa habitada tan solo por Lina, Él y la pequeña Claraluz.

El cuarto de El Viejo seguía estando allí, con sus corbatas a rayas y sus bailarinas hawaianas colgadas en la puerta del pequeño escaparate masculino. Al lado de la cama individual, un librero de oscura madera recordaba los hábitos de lector indiscriminado que poseía su dueño. El colchón hundido parecía sostener aún el cuerpo lechoso. Se levantó arrastrando los pies hasta encontrar sus zapatillas. Estaba viejísimo, con olor a chivo, y tosía y la voz se le oía a ratos levemente ronca, como cuando sudaba metido en aquella cama, leyendo todo el tiempo. Le pidió café a Lina y encendió uno de sus cigarrillos largos y afinados que parecían desvanecerlo con su humo mortal. Luego se tiró en la cama, libro en mano sobre las sábanas de un blanco manchado de sudor y cuerpo, como atravesado por un cuchillo. No, no había muerto así.

Claraluz estaba sola. Lina y Él continuaban en la movilización militar, y el silencio que brotaba de los rincones hacía el efecto de una bomba destructiva hbonsoiroradándolo todo. Los pequeños invasores que hace mucho se apoderaron de la casa, legiones de comején, cucarachas y ratones, se agazapaban en las sombras, por los rincones y los sitios imaginables, dispuestos a darle los toques finales a la casa. Seres invisibles, a ratos, acompañantes perfectos de Lina, sus amigos más fieles, con los que a veces entablaba largas y sesudas discusiones. Un ratón, una cucaracha o un comején, eso lo sabía Lina, ha vivido su propia experiencia vital y puede ser útil a la hora de la verdad. Los consulta, los tiene de aliados, alimentándolos diariamente en lugar de combatirlos. Y de ellos se vale cuando necesita retroceder en la memoria o lanzarse al futuro.

Claraluz se sentó a esperar. Si lo que Lina había dicho era cierto, de un momento a otro comenzarían a sonar todas las sirenas de la ciudad, a caer bombas. Se asomó por la puerta del comedor, pero allí sólo se sentía el parloteo de los guanajos de María Luisa, la vecina de los bajos. No estaba pasando nada. Qué extraño.

Abrió el viejo refrigerador y encontró los restos endurecidos de un arroz y un frasco de salsa mayonesa. El colador del café estaba también allí, porque Lina había descubierto que era el único sitio de la casa donde no podrían entrar las cucarachitas, que ya lo habían inundado todo con la complicidad de la propia Lina. Pero se equivocaba, vio una subiendo por la pared del destartalado refrigerador y cerró rápidamente la puerta.

Se dedicó a pintar ovejas. Pintó doscientas con una pluma que tomó del pequeño escritorio de El Viejo. Una bolsa de papel que había servido para traer el pan el día anterior fue todo lo que encontró. Lina detestaba las pinturas que ella iba dejando por toda la casa. A veces eran esos muñequitos gordos y feos que la enfadaban mucho porque creía reconocerse en ellos, otras, animales tontos, humanizados, con caras inocentes.

Los americanos, es decir, los yanquis

Nunca había visto a un americano en persona, claro, pero alcanzó a divisar alguno en una vieja revista que descubrió un día en un cajón, entre recetas de cocina que no sé para qué Lina conservaba. A no ser sus desabridos platos de frijoles negros y arroz blanco, matizados con algún ripio de carne —cuando había—, o huevos hervidos, no le gustaba cocinar.

¿Cómo sería realmente un americano? Se preguntaba ahora ante la inminencia del ataque. No habría rendición —le había asegurado Lina—, a la Isla la iban a coger hecha cenizas, de modo que también iría a formar parte de ellas, y nunca, nunca, tendría oportunidad de ver cómo eran aquellos seres que caminaban por encima de las cenizas. Luego la misma Lina se contradecía y aseguraba que no iba a quedar vivo ni un solo invasor, y que para eso los milicianos engrasaban diariamente sus rifles, en un juego que a ella, Claraluz, le parecía absurdo: armar y desarmarlos a la velocidad del rayo.

Sonó el teléfono al fondo de la casa y acudió corriendo para evitar que Lina la acusara luego de no estar atenta. Era Él preguntando si Lina había sido desmovilizada. Le respondió que no sabía, que se había ido temprano en la mañana y aún no había llegado. Ella sospechó que algo inusitado estaba sucediendo, aunque no notó ansiedad en su voz.

—Falsa alarma —dijo—. Regreso esta tarde.

Y colgó sin darle mayores explicaciones, como si sólo hubiera estado hablando consigo mismo.

Abrió el refrigerador de nuevo, dispuesta a preparse un pedazo de pan con mayonesa, pero esta vez descubrió que la cucarachita se había multlipicado y que ya pasaban de veinte. Cerró a toda prisa, llena de asco.

Hasta las cucarachitas se harían polvo, pensó, cuando

lleguen ellos, los americanos, y se produzca el exterminio masivo del que habla Lina. La Isla como un volcán apagado; el último bastión sin vencedores ni vencidos. Ruinas para la arquelogía del futuro, terribles ruinas, cuando un Sir Evans cualquiera, descubra junto al antiguo y reluciente mar Caribe, y por descuido, el pataleo de los nativos. Ruinas, sí, ruinas negras, alzándose sin desafío ya, en un mundo que no recordaba lo que había sucedido entonces ni por qué. La Atlántida moderna, caprichosa y terca como una mula, dispuesta a no dejarse coger viva.

¡Oh, ruinas del Caribe, oh, oh!

Pero por lo pronto, la invasión era de cucarachitas martinas, de ratas, de piojos y de animalejos grises dispuestos a comerse a los habitantes de aquella casa, a devorarlos vivos, a no dejar piedra sobre piedra. Venían de todas partes, quijotescas, viejas peleonas, saltarinas, ojicurvas, mochas, sin morro, conversas y judías, comunistas y fieramente anti, a emprenderlas a dentelladas con todo. Eran la prueba más hermosa de la civilización, las fieras devoradoras de seres de cuarta categoría, con el cerebro arruinado de los robots. Era la ley implacable del Universo: devorar a los de pensamiento caduco, a los infelices repartidores de consignas, a los falsos, a los inocentes crédulos, a los viejos alcahuetes y a los rampantes corazones que esconden su basura detrás del aplauso entusiasta.

La carretera tenía una sola vía. No, mejor dicho, no era una carretera, era un camino, un camino estrecho, de tierra y piedra con muchas curvas, y cuando se acercaban a una de aquellas peligrosas, tocaban el fotuto desde mucho antes y se arriesgaban a seguir camino, aunque no siempre tenían suerte y se iban todos al fondo del desfiladero, cayendo unos encima de otros y sin saber apenas qué estaba pasando.

Por la carretera transitaban los americanos, en automóviles que eran carrozas, con piscinas portátiles y mucho cesped en lugar de cabelleras. Eran muy blancos y llevaban en la mano una larga cadena de la que arrastraban una hermosa casa de dos plantas y garaje adosado, tipo New England. Los americanos tenían perros y gatos y tocaban la guitarra o cantaban como Joan Baez, una vieja folklorista de otro siglo, y firmaban cheques todo el tiempo. Los americanos amaban el buen tiempo y detenían sus automóviles para tenderse en cualquier sitio a comer sus perros calientes y sus hamburguesas embarradas de ketchup y mostaza, arrancando con sus dientes perfectos el suave maíz de la mazorca hervida; y sus mujeres, que aparecían siempre al fondo del paisaje calcinado, manejaban con orgullo sus grandes cacerolas pintadas con hermosas flores, y extendían los manteles de papel sobre la hierba (quemada), y destapaban latas de cocacola y cerveza, en un afán por calmar la inmensa sed que producen los trópicos (calcinados). Y los bebés americanos gateaban y cogían pequeñas piedrecitas con deleite de niños mimados. Y todo era hermoso, a pesar del paisaje negro y la desazón que producía el encontrarse en tierras vencidas. A la noche, que llegaba siempre inmediatamente después de las cinco de la tarde (cosa inusitada en el trópico) salían a cantar unos pájaros de fuego que llenaban aún con más cenizas el paisaje, pues aquella melodía se transformaba rápidamente en basura quemada. Y un día seguía a otro con la misma intensidad de desastre, pero todos se reponían bañándose en sus lindas piscinas portátiles, en las que el agua, con cada nueva zambullida, se tornaba más negra.

Eso fue todo lo que sucedió, hasta que los americanos trajeron enormes máquinas para remover la tierra de la Isla y entonces, a los quince días, comenzaron a brotar pequeñas raíces, hierbecillas apocadas que fueron tomando fuerza con los días y que pronto cubrieron de verde, otra vez, la tierra antes arrasada por las llamas. Y los ríos, que se habían secado, volvieron a llenarse de agua, milagrosamente, y pronto hubo peces para pescar y llovió tres días seguidos y todo recobró su espesura, aunque todavía demorarían mucho en crecer los árboles que ya no parecían tener quemadas las raíces. Según informaban los mejores botánicos traídos directamente de Maryland, los árboles empezaban ya a dar señales de vida.

Un día se instalaron los nuevos colonos, gente deseosa de enriquecerse y de hacer vida bajo el sol del trópico, que además estaba sólo a 90 millas de la costa de los Estados. Era como veranear durante todo el año. Y con los colonos llegaron la tecnología moderna, la civilización y sus plagas, y las costumbres de una sociedad que nunca soñó con poner sus plantas definitivamente sobre aquel suelo, por la mucha resistencia que le habían estado haciendo sus habitantes durante más de un siglo.

El Senado, la Cámara de Representantes y el Congreso en pleno, decidieron añadir una nueva estrella a su bandera, la 51: un triunfo costoso, pero sin duda el más soñado.

De pronto el ruido de una puerta que se cerraba estrepitosamente despertó a Claraluz de su pesadilla. Era Él que regresaba.

Federadas

Claraluz no sólo tuvo que acompañar esa noche a Lina a la reunión de la Federación de Mujeres, sino que al día siguiente la vieja la hizo levantar por la madrugada, negro aún el cielo y alguna que otra mancha rojiza amenazando por el horizonte, para dirigirse juntas al trabajo voluntario, que esta vez consistía en recoger papas en el pueblo de Güines. En el camión que las trasladó hasta el lugar iba Lina vestida de miliciana, sombrero guajiro y un cuchillo de cocina a la cintura. El resto estaba compuesto en su mayoría de viejas que también pertenecían como ella a la Federación.

Ya había amanecido cuando atravesaron el pueblo; una cortina roja de polvo se levantó al paso del camión. La gente parecía tener tierra hasta en los ojos y aunque era demasiado temprano se les veía por todas partes a lo largo de la calle principal del pueblo, a caballo, o montados en tractores.

Lina se bajó del camión con la ayuda del chofer, y mucho antes de que comenzase el trabajo se quejó amargamente de dolor de espalda. Aún el sol no quemaba en toda su intensidad, pero aquellos campos rasos, con los zurcos resecos, hacían presagiar una dura jornada.

Les dieron un saco de yute y Claraluz y Lina tuvieron que turnarse en las tareas de sacar el tubérculo de la tierra y sujetar con ambas manos el saco. Lina se agotó enseguida, pero no queriendo quedarse rezagada a los ojos de los otros, le dejaba la peor parte a Claraluz.

Lenta y brutal se fue la mañana. Una naranja dulce, merengue endurecido, y agua fría que sacaban de la pipa gigantesca de un camión, traído expresamente, les permitió al grupo hacer un alto en el extenuante y aburrido trabajo. Pero a la hora del almuerzo no todo resultó tan reconfortante: el arroz amarillo era sólo color y las galletas estaban desabridas. La comida no pudo ser peor, pero nadie protestó.

Cuando regresaron al surco, hambrientas y desfallecidas, Claraluz decidió simular que trabajaba y Lina se tiró al suelo y desde allí se hacía la que aguantaba el saco con más destreza. Pronto una gorda, que no cesaba en su empeño de llenar sacos de papa fue proclamada campeona de la jornada voluntaria.

Cacha rompió la monotonía agrícola con sus enloquecidos gritos. Negra y corpulenta, con cara de pocos amigos, corría entre los surcos sin que nadie pudiera darle atajo, hasta que cayó al suelo revolcándose entre convulsiones y sollozos. Fue entonces que vi a Ángela, una del grupo, que siempre permanecía callada, acercársele armada de gajos y ramas que nadie sabía de dónde procedían.

Comenzó a pasarlos por el cuerpo de Cacha, mientras repetía frases ininteligibles, en una mezcla de latín y ñáñigo. Entonces la posesa empezó a repetir las extrañas frases hasta que no dijo nada más y quedó como muerta, sin que Ángela interrumpiera su labor de despojo. Amén, fue la palabra esperada por todos para depositarla con suavidad bajo un árbol. Los despojos de Cacha, su cuerpo fofo, continuaba con vida, mientras Ángel le sacaba los demonios del cuerpo.

Lina, que conocía como nadie de esas cosas, quiso restarle importancia a lo sucedido achacándoselo al sol. Un guajiro se acercaba por la guardarraya pidiendo a gritos que volvieran al trabajo, y hasta Cacha, ya recuperada, se incorporó al grupo, aunque, no sin esfuerzo.

Reformar la casa, permutar o perecer

Lina acaba de inscribirse en una oficina para que le arreglen la casa. Le han dicho que no le tocará su turno hasta dentro de unos cinco años, según la cuenta del funcionario que la atendió. Se puso hecha una furia y cuando le pidieron los datos para llenar oficialmente su planilla de solicitud, les gritó estafadores y no sé cuántas otras cosas. Nadie pareció hacerle caso, acostumbrados como estaban a la reacción de la gente, pero Lina fue mucho más lejos, los acusó de mentirosos amenazándolos con denunciarlos a Fidel, pues cuando él se enterase de todo ese atropello —dijo poniendo cara de ángel— ya verán a dónde los manda. El funcionario no se molestó en levantar la cabeza hasta que escuchó aquel nombre, sagrado para él y todos los otros, y entonces se indignó. Con gritos descompuestos echó a Lina del lugar, llamando a otro de los que estaban esperando ser entrevistados.

—¿Cómo se atreve a usar en forma tan irresponsable y grosera ese nombre, ciudadana?", — estaba fuera de sí— !Lárguese, lárguese!

Aquel "ciudadana" pronunciado con la entonación especial con que se designaba al enemigo, enfureció aún más a Lina, que no sólo no se calló, sino que amenazaba con dar el gran escándalo. Sus gritos atrajeron a un jefe superior, al que casi le escupe la cara, pero que conociendo a la gente como Lina, se las arregló para prometerle que todo se solucionaría en el menor tiempo posible, que él mismo tomaría el caso entre sus manos, y que si antes se le caía la casa encima que no se preocupara — terminó por decirle—, que en La Habana existían albergues formidables para darle alojamiento mientras se solucionaba su caso.

Claraluz, que la acompañaba también en aquella gestión, se imaginó ya en el albergue, cueva de ladrones y desheredados, y a Lina como inspectora de literas. Mil manos frías y gelatinosas la cogían por el cuello para robarle el último trapo que aún conservaba, o la lata de leche condensada que había logrado esconder debajo de la almohada. La arrastraban por los pelos hasta la calle, le clavaban mil alfileres en los ojos, le arrancaban la lengua, la extrangulan, y todo en presencia del director del albergue que no podía —diría luego—, contener a los exaltados moradores del sitio, el lumpen proletariado, según había afirmado Carlos Marx, aún sin haber visto nunca en su vida un albergue habanero.

Salieron de allí no se sabe cómo y enseguida tomaron el autobús. Lina continuaba aún acalorada, hablando sin parar de que la casa se le estaba cayendo encima y los malditos tipos le habían prometido arreglarla en cinco años.

La interlocutora era una señora nuy delgada a quien Lina le hacía la historia de sus percances. No le faltó, entre comentarios injuriosos para los burócratas, pedir el clásico "paredón" con que siempre castigaba a su enemigos, no sólo los políticos.

Por la tarde, todavía con la respiración agitada por la discusión en la oficina de la Reforma Urbana, Lina le ordenó a Claraluz que fuera a casa de Manila, en los altos de la carnicería. Tuvo que subir las destartaladas escaleras y preguntar en varias puertas, hasta encontrar la de Manila. Estaba a punto de marcharse porque nadie respondía, cuando a sus espaldas una voz terrible, la sobresaltó. Era Manila, un ronco con voz de mujer, a quien a ratos no sólo se le iba la voz, sino que cambiaba totalmente sus registros, de los graves a los agudos.

Le dijo que Lina quería verlo y Manila contestó con un ligero y afirmativo movimiento de cabeza para enseguida preguntar si había en la casa alguna botella de Coronilla. Y se echó a reir como un bobo que casi era. A pesar de tener la piel muy negra, él mismo era un calidoscopio, pues siempre llevaba toda la ropa manchada de pintura y el pelo y la cara salpicados de no se sabe cuántos colores.

Lina los vio llegar desde su puesto de observación en el desvencijado balcón de la casa, y corrió a la puerta principal, que se abría desde arriba con una larga cuerda. Conociendo a Manila, lo recibió con un vaso de aguardiente. La Coronilla era la vida para el pintor, sólo así era capaz de entender lo que trataban de decirle y hacer tratos, bien de mudanza o de pintura, que eran las tareas del ronco.

Manila se bebió el aguardiente de un sólo trago, mientras Lina, que no perdía tiempo, comenzó a hablarle de sus proyectos. Quería pintar la casa. Manila asintió con extraños monosílabos huecos, que Lina pareció comprender porque fue en busca de más aguardiente Coronilla. Finalmente, Manila logró articular palabras: quería cien pesos y una botella diaria de Coronilla. Lina se indignó, era un precio muy alto, dijo, para pintar una casa. Manila volvió a hacerse entender y aclaró que sólo demoraría tres días en la obra, que él pondría la lechada. pues como ella sabía —aclaró—. pintura buena no había en ningún lado.

Discutieron hasta que la que perdió la voz fue Lina, aunque logró que Manila le prometiera pintar la casa por treinta pesos y una botella diaria de Coronilla. Se trataba tan solo del interior, porque la fachada "era otra cosa", había dicho Manila, esta vez con voz de mujer.

Pintar la casa

Lina decía que una vez pintada la casa no le sería difícil permutarla por otra, aunque fuese más pequeña. Lo importante era salir de aquellas ruinas. Vieja, destartalada y fea, la casa era sin embargo amplia y podría resolver el problema de alguna familia numerosa, que siempre la había. En cambio, a ella le bastaba con dos habitaciones para dormir.

Lina le contó esa noche sus planes a Él, y, como siempre, Él no mostró interés alguno en nada. Se alejó hacia el sitio donde tenía un viejo radio RCA Víctor y se sentó tranquilamente a escuchar su música clásica de todos los días, dejando a Lina con la palabra en la boca. "Tú sabrás lo que haces", fue lo único que dijo al rato, cuando ya Lina no contaba con su respuesta. No esperó mucho para comenzar su tarea renovadora: corrió primero los muebles de la sala hacia un rincón, quería dejarlo todo listo para cuando Manila regresara al día siguiente.

También Claraluz tuvo que ayudarla a descolgar el retrato de Fidel, que ocupaba la pared principal de la sala. Era un Fidel con boina, joven: el dedo alzado y la boca entreabierta, como preparándose para uno de sus largos discursos. Lina decía que Fidel era más grande que ningún otro líder porque su inteligencia no cabía en un cuerpo pequeño y por eso también, por su jerarquía, su retrato era el mayor. Le seguían en orden y tamaño el de Camilo Cienfuegos, Ché Guevara y José Martí.

La operación de correr los muebles, descolgar y trasladar los cuadros hacia el cuarto de Lina tomó más de tres horas, porque Lina obligó a Claraluz a sacarles el polvo. Aquellos cuadros constituían su única preocupación, sin importarle para nada la suciedad del resto de la casa. Todo el día se lo pasaba rebuscando en las gavetas, con aquella suciedad tan suya y su vestido viejo a rayas que no se quitaba nunca, ni aún para dormir. Pero los cuadros eran sagrados, tanto como el uniforme de brigadista sanitaria que se ponía siempre que tenía que salir a la calle.

Estaba llena de entusiasmo y le pidó a Claraluz que la ayudara a bajar el retrato de Lenin que tenía colgado a la entrada. Lenin era el hombre que más admiraba Lina después de Fidel, y el que siempre ponía de ejemplo en sus sostenidas discusiones. El retrato parecía la advertencia misma contra cualquier desviación ideológica en la que pudieran caer los moradores de la casa o sus visitantes. El cuadro ocupaba ahora el sitio donde no hacía mucho había estado el Sagrado Corazón de Jesús, que presidió durante años la sala de Lina.

Comienza la obra

Lina se despertó casi al amanecer y Claraluz creyó que se marchaba otra vez a la recogida de papas, pero enseguida su extraño atuendo la hizo salir de dudas: vestida con la ropa vieja de Él, con enormes zapatos y sombrero de yarey, era la estampa viva de un espantapájaros. Quería estar sin duda a tono con la obra que de un momento a otro Manila iba a dar comienzo.

A las ocho sonó el timbre de la puerta: era el pintor, cargado con una escalera y dos cubos con varias brochas sucias. Lo primero que hizo fue exigir su botella de Coronilla y mientras subía y bajaba de la escalera —que no atinaba a situar en ningún sitio—, lanzaba entrecortados gruñidos, de imposible comprensión. Cuando no corría la escalera, se dedicaba a preparar la pintura en los dos cubos. Parecía un mago extrayendo pequeños frascos y cartuchos de sus bolsillos sin fondos. Lina le dijo que quería pintar la sala de rosado flamingo y él diluyó enseguida mercurocromo en otro cubo que le había traído Lina, y donde previamente había echado unos polvos de cal. Comenzó a batir la mezcla, sin dejar de agregar nuevos ingredientes, hasta que le preguntó a ella, que lo observaba todo inquieta, si estaba bien así.

Pero no esperó su respuesta para subirse a la escalera, que había arrimado a la pared, y comenzar a pasar una y otra vez la brocha, sin dejar de cantar con voz de niña. Lina parecía aprobarlo todo y entusiasmarse con cada nuevo brochazo de Manila. En un minuto quedó terminada una de las paredes principales, a pesar de que era muy alta y parecía llegar al cielo. Manila trabajaba con la mano derecha, y tenía convenientemente situado su vaso con Coronilla. Pintaba y bebía con la misma velocidad, sin dejar de cantar con voz de falsete.

Enseguida las paredes comenzaron a tomar un horroroso tono rosado, con vetas que semejaban descoloridas rosas, mientras que él, interrumpiendo su canto por momentos, aseguraba que se emparejarían con las horas. De modo que Lina debería esperar con paciencia los resultados.

A las tres de la tarde la sala estaba pintada y Manila comenzó a recoger sus cosas. Aunque se había bebido la botella completa de Coronilla, parecía sereno y aseguró que regresaría al día siguiente.

Lina estaba oronda, se paseaba por la sala mostrando un entusiasmo inusitado en ella, la recorría con la cabeza levantada hacia el techo, hasta que fue y se sentó en la saleta contigua para, desde allí, tener una perspectiva distinta, nueva. Se metió en la cama muy temprano, con la misma vestimenta con que había andado durante el día y enseguida comenzó a roncar.

Esa noche Claraluz soñó que Manila la pintaba a ella también de rosado, de un rosado que se le pegaba a la piel como un guante.

La casa se pinta

Por fin, la casa quedó pintada; parecía un barracón de feria, pero a Lina no le importaba demasiado este nuevo aspecto. Arrastró a Claraluz hasta la Reforma Urbana, a través de un agitado viaje por la Habana Vieja. El autobús, repleto de gente sudorosa y chillona, hacía un recorrido interminable que iba a finalizar junto a los muelles. A veces, la gente caía una encima de otra porque las callejuelas eran muy estrechas y el autobús tenía que subirse a la acera. Maldiciendo y rabiando como cerdos iban todos llevados en un ajetreo monocorde que no parecía tener fin. Los viejos y destartalados edificios de la época colonial conservaban una suciedad insultante, como si la gente se limpiara las manos a diario sobre sus paredes y dejaran allí las muestras de sus excrecencias espirituales. Agotar el pasado era misión en la que parecían enfrascados los habitantes de la ciudad.

La muchacha que se paseaba en la volanta conducida por el negro calesero de altas botas y sombrero de copa (ataviado como en los elegantes hoteles de este siglo), lo hacía con la indiferencia del que desconoce el futuro. No hubiera ella podido sospechar esta Habana de hoy, con los balcones a punto de desplomarse, y los trepidantes y viejos autobuses atravesamdo las calles. Habían desaparecido los vendedores ambulantes, con sus cestas a la cabeza, pregonando melodiosamente las frutas del paraiso. Los fantasmas --que eso y no otra cosa eran la muchacha y el calesero— mirarían con recelo natural esta nueva vida. El olor a caoba barnizada, a vainilla, a café recién tostado se había esfumado, como por obra y gracia del siglo, de las callejuelas de La Habana Vieja para dar paso al del mosto nauseabundo de la bahía.

Muchos de los nietos, bisnietos y tataranietos de aquella muchacha y el calesero, de la muchedumbre que los acompañó aquel siglo, está hoy de pie junto a los muros que alberga la Reforma Urbana, haciendo cola para permutar la casa en que viven.

Un indiferente funcionario tomará sus señas y les facilitará algunas direcciones de los otros permutantes. Lina está entre ellos, ya se inscribió entre los que aspiran a mudarse para El Vedado, Santo Suárez o Almendares. Pero le interesa sobre todo El Vedado, porque conserva aún cierto empaque de barrio distinguido y está además en el centro de la ciudad. Es, por lo tanto, el sitio predilecto y codiciado de todos los que desean permutar. Los que viven en el Vedado están dispuestos a cambiar sus casas, sólo si les ofrecen, por ejemplo, una residencia en Miramar (el barrio con más clase, antes de la Revolución). Hoy son muy pocos los antiguos propietarios que conservan esas casas, o se han ido del país o se han muerto, y sólo un pequeño número de ellos vive atrincherado entre las altas tapias, ignorando lo que sucede a su alrededor, ajenos a la vida externa. Muchos viven de rentas dadas por el gobierno para compensar la expropiación de esas casas.

La propaganda de Lina sobre las ventajas de su casa atrajo a un sinnúmero de curiosos que se arremolinaban en torno a ella.¡Qué ágil era Lina para intercambiar papelitos con sus señas!

Había que oirla describir las cualidades de su casa: cinco habitaciones, recien pintada y espacio suficiente para albergar a un batallón. Y ella sólo quería a cambio un humilde apartamento de dos habitaciones. Sólo tras la insistencia de algunos desconfiados terminaba por decir que se trataba de una vivienda de construcción antigua, aunque conservada. Antigua: palabra clave a la hora de permutar. Se podía tener cualquier cosa menos una casa antigua.

Eso lo sabía Lina mejor que nadie, porque antigua era sinónimo de malas condiciones, de inhabitable. El terror de los permutantes.

Por eso trataba a toda costa de organizar citas en su casa, ya ella se las arreglaría, con mucha maña, para convencerlos de las ventajas de una casa tan grande.

Llenó el bolso con los numerosos papelitos que le habían ido entregando y comenzó a andar. En los edificios cercanos descubrió otros muchos anuncios, a los que algunos habían arrancado las direcciones. Le llamó la atención aquél, inusitado, que leyó hecha una furia: "Negro libre cubano permuta con negro esclavo de los Estados Unidos". Sin duda, reflejaba mejor que ningún otro el verdadero deseo que tenían algunos.

Se acerca el 26

Obligada por Lina, Claraluz tiene que acompañarla ahora todos los días a casa de Justina, que también es de la Brigada y vive en El Vedado. No sé de dónde Lina saca fuerzas para subirse a los atestados autobuses. A veces, cuando ya no cabe ni una mosca trepa con agilidad al pescante y se las ingenia para hacerse un sitio.

Claraluz es delgada y fina como un güin, pero Lina es una bolita de cebo y no es fácil que encuentre acomodo. Sin embargo, lo logra y luego se pone echa una furia cuando alguien roza su cuerpo.

Claraluz se avergüenza con las discusiones que arma Lina con la gente del autobús, sólo porque no quiere que la toquen en medio de semejante apelotonamiento.

La casa de Justina es una casa muy bonita, con muebles finos, de caoba antigua, y Justina es también una señora muy fina, con modales finísimos. Su hijo es el Embajador en Canadá y, según Lina, ella era una burguesa hasta que triunfó la Revolución y se inscribió en la Brigada Sanitaria. Además de sus tareas de enfermera voluntaria, Justina se ha convertido en Jueza Popular y administra justicia según los nuevos cánones.

Lina dice que Justina es más vieja que ella, pero salta a la vista que ambas son viejas, muy viejas. En casa de Justina hay una señora que hace la limpieza y la comida. Una viejecita, aún más que Justina, que parecería no percatarse del mundo en que vive. Las cosas han cambiado tanto en la casa, que ahora Justina la llama "compañera", pero ella sigue respondiendo como siempre, con aquel "sí, señora" que saca de quicio a todo el mundo. Lina y Justina no cesan de corregirla, pero no se da por enterada, como si con ella no estuviesen hablando. Otra cosa que no han podido prohibirle a la antigua sirvienta es que use uniforme blanco

abotonado al frente. Como sólo le quedan dos tendrán que esperar
—ha dicho Justina— hasta que se les hagan trizas encima. Pero
mientras ese momento no llegue, la viejecita se encarga de zurcir
una y otra vez sus uniformes, tanto que ya parecen repollos
encogidos. Aunque es la única ropa que usa, anda sin embargo
de punta en blanco y muy almidonada.

En cuanto llegaron, Justina las hizo pasar a la terraza
atestada de macetas con flores. Allí tenía situada la caja de cartón
con papeles, tijeras e hilos.

El trabajo consistía en pegar letras que siempre formaban
la frase PATRIA O MUERTE VENCEREMOS. Y también en
pintar carteles con un señor barbudo y viejo vestido a rayas y
gran sombrero de copa. Un Tío Sam pasado por La Habana,
pateado, y reventado, según palabras de Lina. La tarea de Claraluz
consiste en recortar pétalos de flores dibujadas en una cartulina,
azuzada por Lina, que le exige una alta productividad. Justina las
observa de reojo; tiene unas manos bien cuidadas y el pelo lo
lleva corto y rizo. Usa un tinte excelente que le recomendó a
Lina hace unos días, olvidando que Lina odia todo lo extranjero.
Y, por supuesto, a la gente que usa cosas extranjeras. Pero no
dijo nada esa vez.

"Claro —terminó al fin por decir—, tu hijo hace bien en
no dejar que el pelo se te estropee; en definitiva, compra todo eso
con su dinero, no como esa gente que trafica, bueno, tú sabes...
los de la bolsa negra". Y fue como si le hubieran dado cuerda,
porque durante todo el tiempo que permanecieron en casa de
Justina no hizo otra cosa que hablar y criticar al mercado negro.
Cansada de armar flores y de escribir letras, Justina se incorporó
de la cómoda butaca y le pidió a Lina hacer un alto en el trabajo.

Fue el momento que la criada aprovechó para entrar con
una bandeja con dos tazas de café, refrescos de cola, y galleticas.
Era el instante esperado por Claraluz, aunque Lina se comiera
ella sola casi todas las galleticas, y luego se la pasara hablando
de que era prediabética. Después de todo, la supuesta enfermedad
de Lina significaba una cuota especial de carne (media libra más)
dos pollos al mes y cuatro bolsas de leche descremada en polvo

que aliviaban la situación de la casa, especialmente en los días finales del mes cuando se han agotado las provisiones y la despensa está vacía.

Justina es no sólo una compañera de la Brigada, sino también una amiga para Lina y una fuerte proveedora de café y otras chucherías que le consigue en la tienda que vende sólo a los diplomáticos. Ni Justina ni su esposo son aficionados al café y por eso lo intercambian con Lina, que a cambio les consigue viandas, en un trueque interminable. La moral que se ha impuesto Lina sólo admite este método primitivo, de modo que se siente con autoridad para denunciar a cuantos ella sospeche compran o trafican en la bolsa negra.

El misterio de la santa

Cuando dieron las dos, Lina le pidió a Claraluz que guardase todo el material sobrante en la caja y la depositara en una habitación que había junto a la cocina, pero por equivocación Claraluz entró en la de la sirvienta. Las paredes estaban forradas con ilustraciones de santos y cruces, y en una esquina, la imagen de Santa Bárbara presidía un altar. Llevaba copa y espada y un manto rojo. Era del tamaño de Claraluz y a no ser por la rigidez del cuerpo, podía pasar por un ser de carne y hueso. El pelo largo y ondulado le caía sobre los hombros y unos ojos muy dulces parecían mirar con inteligencia y asombro a un tiempo.

La criada entró en la habitación sorprendiendo a una ensimismada Claraluz, pero no dijo nada, y se dedicó a observar las reacciones de la niña. Fue entonces que, con voz que parecía salida de la propia imagen, le contó la historia de la santa:

— ¿Verdad que es linda Santa Bárbara? Su padre era ateo y mandó a sus soldados a que le cortaran la cabeza. Desde entonces ha hecho muchos milagros, muchos, pero la gente parece que sólo se acuerda de ella cuando truena.

—Tiene un manto muy lindo —dijo Claraluz por decir algo—. ¿Y la copa es de oro?

—Ese manto precioso y todo lo que tiene puesto —dijo la viejecita, con una vivacidad nueva— se lo compró la señora Justina. ¿Cómo no iba a comprárselo siendo ella tan devota? Esa santa es suya y del caballero, y también esos otros que ves en las paredes. Un día me lo dieron todo a guardar.

Hablaba con tanta seguridad que costaba trabajo no creerle. Aquella señora, tan amiga de Lina, con un hijo embajador y un esposo que —según ha dicho la propia Lina— es miembro del Partido Comunista, ¿creía en Santa Bárbara y la tenía escondida en su casa? ¿Lo sabrían Lina y las otras amigas? Como si adivinara sus pensamientos, la criada continúo con sus explicaciones:

A la santa la trajeron un día de Nochebuena; fue un regalo del caballero a la señora Justina, y ese traje tan lindo y ese manto se lo ofreció ella cuando hizo la promesa por su hijo, que era entonces un muchachito que estaba muy enfermo. Como se salvó le compró todas esas preciosidades. Yo siempre se lo estoy diciendo a la señora, que tenga cuidado, porque no sé cómo verá la santa eso de que la hayan metido aquí en mi cuarto y anden siempre con tantos misterios alrededor de estas cosas. A lo mejor es castigo de Dios que el hijo les haya salido tan ateo y se burle de todo cada vez que viene. Y no sólo se burla, sino que se pone furioso y le dice a la señora que la acabe de tirar a la basura, que el día menos pensado les va a buscar un problema al caballero y a él. Yo no entiendo nada, pero no me gusta cómo el caballerito maltrata a la santa.

Y encogiéndose de hombros y volviendo a sus murmuraciones con un "eso no es bueno", vio cómo alisaba los pliegues del manto de Santa Bárbara. Fue el momento que aprovechó para salir casi huyendo del cuarto, no fuera a ser que la viera Justina.

No pudo evitar, sin embargo, sentir miedo cuando la mano fina y bien cuidada de la dueña de la casa se posó en su hombro para preguntarle si había colocado la caja en su sitio. Fue tanto el terror que temió ser descubierta y casi echó a correr hacia la puerta de salida, desde donde ya Lina le decía:

—Tenemos que apurarnos. El 26 ya lo tenemos encima y mira todo lo que nos falta. Hay que hacer por lo menos treinta banderas rojas y otros tantos Patria o Muerte. Las cuadras son grandes y llevan muchos adornos. Mañana trabajaremos más y hablaremos menos, ¿verdad, Claraluz?

¿Sospecharía algo Lina? Si apenas hablaba mientras recortaba aquellas letras.

El tiempo se le fue volando en el camino de regreso, sumida como estaba en el temor, y Lina tuvo que arrastrarla por una mano para que el autobús no las llevara hasta la próxima parada.

Fue entonces que al descender lo vieron a Él tomar un taxi en compañía de una pelirroja a la que tenía agarrada por un brazo.

La mujer pelirroja

Qué sorpresa para Lina, que no dejó de poner una cara terrible. Sólo cuando el automóvil se alejaba ya por la Calzada, no le quedó más remedio que hablar del asunto, a su manera, claro, diciendo que se trataba de una compañera de trabajo, una conocida de muchos años a la que Él le estaba arreglando el radio. Pero ya en lo alto de la escalera, Claraluz la oyó murmurar algo y notó con extrañeza que pasaba delante del cuadro de Lenin sin siquiera mirarlo.

Cuando Él regresó, Claraluz ya estaba acostada, pero pudo oír desde su cama cuando Lina se refería a la pelirroja con una palabra terrible.

Al otro día, Lina seguía tirada en la cama y se quejaba de mucho dolor de cabeza. Esta vez no sólo tenía los ojos cerrados, sino que se había tapado la frente con una toalla húmeda que olía a alguna de las medicinas que preparaba con hierbas y alcohol.

—Llama a Justina y dile que amanecí mal, que en cuanto pueda me levanto y terminamos los adornos del 26. —Dijo desde la cama a una Claraluz ausente, por lo que tuvo que repetir de nuevo la frase, cosa que la enfureció.

—¿Me estás oyendo? No me hagas repetir lo mismo cien veces, mira que ya tengo bastante con la enfermedad. Ahora que más necesito el tiempo...

Pero de repente se calló y en lugar de palabras oyó sus quejidos de siempre, el mismo ay repetido hasta el infinito, que interrumpía a ratos para lanzar amenazas al vacío.

Ella sabía, sin embargo, que Lina no amenazaba por gusto, así que no se extrañó cuando al poco rato la oyé decir:

—Ve a la farmacia y mira a ver si ha llegado sal de frutas, si no, me traes un poco de bicarbonato. Ah, y de paso le dices a María Luisa que si le han traído limón del campo que me mande uno. Pero apúrate, que tengo que salir.

La farmacia estaba a dos cuadras, frente a la calle bulliciosa. Tuvo que ponerse en cola y esperar casi treinta minutos. Mientras aguardaba su turno llegó un camión y comenzó a descargar cajas. La gente se asrremolinaba alrededor tratando de saber qué traía, y en seguida formaron una nueva cola, para lo que hubiera llegado, cola que no se dispersó sino mucho después de que una de las dependientas insistiera en que era inútil, pues el algodón, los tetos, y el esparadrapo no se iban a vender en ese momento; había que esperar por el administrador.

La impaciencia de Lina no tenía límites, estaba vestida y asomada al viejo balcón de hierros retorcidos.

—¡Al fin!, ¿dónde te metiste?

Pero en vez de contestarle, Claraluz subió de prisa las escaleras y le entregó el paquete con la sal de frutas.

—Menos mal que había, porque no sé qué hubiera sido de mí con este dolor de cabeza. Voy a salir, estaré fuera una hora. Si llaman por teléfono di que sigo en cama con mucho dolor de cabeza.

La vio empolvarse como una cucaracha y pintarse los ojos con un lápiz negro. La boca se volvió roja como un tomate, y se había amarrado un pañuelo a la cabeza, de modo que parecía una bruja en tiempos de carnaval. Antes de bajar las escaleras se miró varias veces en el espejo.

No te olvides decir si alguien llama que sigo con mucho dolor de cabeza. Las oficinas del Partido están cerca, así que no demoraré.

Y cuando cerró de golpe la puerta de la calle, el viejo metro contador se estremeció, como si compartiera el miedo de Claraluz.

¿Qué estaba sucediendo?

Sin saber lo que estaba sucediendo, pero segura de que su miedo tenía una explicación, Claraluz trató de imaginar a qué obedecía ahora esta conducta de la vieja. Porque esta vez no era igual que cuando Lina se ponía su sombrero de yarey y decía "vámonos, que la Revolución nos necesita", arrastrándola a

64

cualquiera de esas citas con el Comité de Defensa o la Brigada. O como cuando, jeringuilla en mano la veía practicar en viejas muñecas de goma, porque ella, Claraluz, se negaba a servirle de conejillo de India. No, ahora su actitud era otra. La había visto ponerse su mejor vestido, no el uniforme de brigadista con el que acostumbraba a salir a la calle. Y había dicho algo sobre las oficinas del Partido.

Para calmar su impaciencia, Claraluz se dio a la tarea de hojear las revistas viejas que Lina conservaba en un cajón. Todas pertenecían a "las cosas del pasado", como las llamaba su propietaria, englobando bajo ese inusitado título — tratándose de una vieja— todo lo concerniente a la época anterior a la Revolución. Había muchos ejemplares con distintos nombres. Eran revistas de temas femeninos, con las páginas amarillentas. Allí descubrió lo viejo que era el vestuario de Lina, porque para sorpresa suya la encontró en una fotografía que publicaba una de las revistas. Menos gorda, claro, pero con ese mismo traje de botones al frente con el que había salido a la calle hacía un rato. Y a su lado, El Viejo, que entonces no estaba canoso, y Él, apenas un muchachito de diez años. El pie de grabado hablaba de un viaje de la familia completa a los Estados Unidos, por motivo de negocios.

Reacciones

Lina no regresó hasta al anocher cuando el carnicero había cerrado y los que no alcanzaron la mercancía se habían marchado a sus casas. Venía agarrándose de las paredes, sofocada, con cara de pocos amigos. Fue a sentarse junto a la mesa del comedor, donde depositó una gran jaba: "Galletas —dijo, para calmar la curiosidad de Claraluz—. Son de dulce, para ti, ya sabes que no puedo comerlas".

Qué contradictoria era esta mujer. A ratos aparentaba querer congraciarse con el mundo y era hasta capaz de hacer cola para conseguir galletas que ella no iba a comer. Otras veces, se indignaba con los demás, como si estuviera gobernada por fuerzas invisibles, en pugna siempre.

Mientras Claraluz acomodaba las galletas en una lata, lo vio venir por el largo pasillo que unía los dormitorios y dirigirse a la cocina. Pasó silenciosamente por el lado de ella, como si no existiera. El trajín en la cocina, el ruido del jarrito de metal y el tintín de la cucharita le hicieron imaginar a Claraluz que calentaba un poco de café. Regresó en silencio también, y Lina, que se quitaba con gran esfuerzo las medias, no desprovechó la oportunidad:

—¿Vas a salir? Enseguida preparo la comida, freiré unas papas y en veinte minutos tendré lista la tortilla.

Al otro extremo del pasillo, la voz de Él —confundida ahora con las cuerdas de una guitarra, se hizo más remota que nunca:

—Voy al cine, no quiero comer—. Apagó la radio para que no hubiera dudas de su decisión, y se marchó dando un portazo.

—¿Al cine, no? Ya verá lo que le espera —decía Lina

casi fuera de sí, mientras se incorporaba de la silla para dirigirse al baño—. Estoy muerta de cansancio, las oficinas son una basura. Un día completo perdido para que luego le oigan a uno como el que oye llover.

Pero o no siguió hablando, o el agua del lavamanos apagaba su voz y Claraluz no podía escucharla. No tardó mucho en salir del baño, cubierto el rostro con una máscara blanca.

Envuelta en una vieja túnica de seda china, con grandes manchones donde alguna vez hubo flores, y una toalla alrededor de la cabeza, podría sospecharse de su capacidad de desdoblamiento.

Mientras comían la prometida tortilla de papas, en ausencia de Él, Lina comentó su visita a las oficinas del Partido. No lo hizo para corresponder con un gesto de simpatía personal por su demora, ni para aclararle las dudas de Claraluz, sólo quería conseguir su total sometimiento a la causa en que estaba ahora enfrascada. La pelirroja, según ella misma contó, estaba casada con un miembro del Partido, y por lo tanto reclamaba que ese organismo político interviniera.

—Ya se sabe —dijo con satisfacción—, o el maridito se divorcia, o lo expulsan del Partido. Esta inmoralidad se tiene que acabar.

Claraluz, que era inexperta en los funcionamientos del Partido, comprendió que le convenía quedarse callada. Las acciones de Lina tenían siempre la virtud de hacer más lentos sus pensamientos y sólo al cabo de las horas la muchacha lograba empatar unos con otros, de modo que podía imaginar mejor lo que estaba sucediendo. Por eso ahora miraba con desconfianza al cielo raso, espiando el momento en que pudiera caer de una vez sobre su cabeza, apenas sin entenderla.

—Y vamos a dormir —fueron las palabras con que Lina dio por terminado su monólogo—, porque mañana tendremos que volver al trabajo en casa de Justina.

Un pasado

Todo el mundo, incluso Lina, ha tenido un pasado. Ella quisiera borrarlo, reinventar el tiempo; metida ahora en su papel de revolucionaria no le interesa más que el presente, porque se lo inventa cada día. Pero Claraluz ha descubierto también, sin que ella lo sospeche, un álbum de la familia. Y ahora salta a la vista que Lina es inconsecuente consigo misma, que quiere fabricarse un pasado porque el que tiene le queda incómodo. No le gusta ser una mujer gordita, todavía joven, mirando con ojos brillantes la escena: un apartamento neoyorquino, un árbol de Navidad repleto de regalos y esa gran dama con sombrero sobre los ojos y gargantilla al cuello, celebrando con su marido y su hijo. Ni tampoco quiere que lo descubran a Él con uniforme de la academia militar sureña, porque seguramente diría que son "cosas del pasado".

La verdadera historia

Aquel verano Él mató a su padre. Lo mató a disgustos. Por lo menos es lo que repite Lina una y otra vez con los ojos puestos en blanco, vueltos hacia el cielo, cuando habla llena de furia contra Él. ¿Y por qué habría de matar al Viejo, todo el día en su cama, leyendo y leyendo? Claraluz se lo pregunta con insistencia sin obtener respuesta. Un abogado de prestigio en La Habana, a quien muchos confiaban sus negocios, merecía sin duda mejor fin. Pero Lina no se cansaba de decirlo: Él había matado a su padre. La verdad y la mentira funcionaban al mismo nivel en ella, así que sería imposible arrancarle una auténtica confesión.

El Viejo lo había criado con mano suelta, llenándolo de halagos, reforzando cada día, con una educación mal dirigida, los defectos de un carácter de por sí extravagante y dado al egoismo. Sus negocios con los dueños de una poderosa industria le permitieron pagarle las mejores escuelas habaneras y enviarlo luego al extranjero. El Viejo fue uno de esos abogados que no hicieron carrera con su talento, sino con la perseverancia, a fuerza de resistirse a un destino miserable, logró hacerse de un nombre y levantar una prestigiosa firma. Sus operaciones se ampliaron por días, y pronto se vio envuelto en negocios de todo tipo. Estaba a punto de conseguir un pequeño capital, cuando Fidel entró en La Habana. Los últimos años del gobierno de Batista no le habían resultado cómodos, por eso, al paso de este ejército insólito de barbudos se dijo con alegría que pronto todo volvería a la normalidad, como en los buenos tiempos de su carrera.

Al regresar a su casa encontró a Lina con saya negra y blusa roja, con el improvisado uniforme de los vencedores. Esa noche no durmieron, de fiesta en fiesta, recorriendo las casas de las amistades, celebrando el triunfo de la Revolución en el poder.

Y ya no durmió en paz nunca más. Lina decidió un día, a la hora del almuerzo, que estaba dispuesta a servir a la Revolución en cualesquiera de sus frentes, y aunque El Viejo no se inquietó demasiado con la nueva excentricidad de Lina, algo le decía que áquel no era su mundo.

Ese día Lina comenzó a cavar la tumba del Viejo; el dinero que antes le llenaba de dicha, de pronto relumbraba como una mancha en su pasado. Todas las satisfacciones que El Viejo le había proporcionado con el dinero — los juegos de canasta, las grandes cuentas en El Encanto, los viajes a Miami—, ahora pertenecían a un pasado oneroso que había que borrar y destruir.

Así que cuando un día el gobierno nacionalizó la industria azucarera y El Viejo llegó a la casa con la noticia y la proposicióm de marcharse al extranjero y seguir trabajando con sus jefes, Lina se puso hecha una furia, y Él rompió, en forma descompuesta, un plato de sopa.

Metido de lleno en los negocios, había perdido todo contacto real con su familia creyendo ingenuamente que su mujer y su hijo lo acompañarían al extranjero a rehacer su vida. Explotador, burgués y gusano fueron los epítetos que escuchó de sus labios. Había imaginado que el entusiasmo de Lina por la Revolución era puro aburrimiento, y que su hijo, aunque miembro de la Asociación de Jóvenes Rebeldes, acogería con júbilo la noticia del viaje. En fin, que como había estudiado en los Estados Unidos... Y resultaba que ahora, frente a él, sus enemigos, los más implacables, destruían en un segundo la obra de toda una vida. No volvió a la oficina, ni recibió a nadie más en su casa. Se cerraron así todos sus mundos para él, el de la familia y el de los negocios. Cayó en cama —no para morir entonces—, sino para dedicarse como un desesperado a encontrar la respuesta a su desgracia en esos libros que leía sin descanso, para embriagarse en la historia, en la singularidad de otros destinos.

Ese día se puso el pijama y dejó a un lado para siempre sus trajes de Dril Cien y sus corbatas de seda. Ya no fue posible más que verlo en la cama, con el pelo muy blanco, siempre peinado a pesar de las almohadas,y esa palidez que reflejaba tan bien su desencanto por la vida. Y aunque seguía observando sus buenas costumbres a la mesa —siempre aterrado con la vulgaridad de Lina—, se desentendió del mundo con un fino humor de carpintero despedido que encontrara ahora satisfacción en desarmar muebles. Así que él, ducho en hacer buenos negocios en otra época, se limitó a gastar el tiempo. Los domingos —el único día en que tomaba un baño— reía de satisfacción ante el espejo, sin que los demás entendieran el significado de su risa sórdida, menospreciadora de la vida.

Desde las cuatro esquinas de su cama —Lina adoptó desde temprano la costumbre de dormir sola en otra habitación— parecía descifrar sin asombro los pasos de su familia. Veía cómo su hijo, perdido en los caminos de la intriga cotidiana, tuvo que conformarse con un mediocre trabajo de técnico de radio, oficio que nunca había dominado del todo, pero que en medio de sus oscuras ambiciones revolucionarias, eran un paso hacia alguna más alta categoría laboral que El Viejo no lograba adivinar. Había obtenido también un puesto en el sindicato, que lo mantenía buena parte del tiempo en trajines de propaganda y agitación revolucionaria.

Y la vida cambió también para Lina, dejó de frecuentar a sus antiguas amigas —en parte porque casi todas se habían marchado al extranjero—, pero se hizo asidua visitante de los cuarteles de la Brigada Sanitaria, donde se había inscrito como auxiliar de enfermera, una vieja vocación de los tiempos en que estuvo casada brevemente con un médico.

Levantar vallas contra el mundo exterior, depositar todo su interés en la intimidad de un libro, mientras su hijo iba de un sitio a otro de la ciudad agitando consignas — con ese modo suyo de hablar entre dientes—, y su mujer ardía de fervor patriótico. Huir sin dar un paso, escapar por el agujero que escapan los locos. Bien lo sabía. Ser odiado por ellos dos era quizás su mayor placer.

El hastío, la soledad

Desde ayer un agua gris, incesante, que atormenta con su monotonía, ha dejado silenciosas las calles, se cuela por las rendijas del cielo y va a rodar precisamente a sus pies, junto al sillón de pajilla en que acostumbra a sentarse. Todas las puertas y ventanas que dan al exterior están ahora cerradas y una humedad que cala el alma va apoderándose de las viejas paredes. De nuevo, Claraluz hace lo que no debe: llena de garabatos mentales, de infelicidad, unas páginas en blanco que ha encontrado. El agua cruje en los tejados y en la caída de cada gota parece estar la razón misma de su existencia. Con la lluvia se han invertido los papeles: Lina se mueve silenciosa por la casa, esquivando las goteras, y Él se ha vuelto hablador. Pero es tanta el agua que se cuela por el techo, que Lina, a gatas, se enfrasca en la tarea de recogerla con lo primero que tiene a mano. No bastan los cubos, las palanganas ni las cazuelas para contener el agua, así que la actividad de Lina es incesante.

Pero Él está de buen humor y canta, inventa letras de canciones y cuando sorprende la mirada confundida de Claraluz, se vuelve francamente hacia ella con voz nueva, casi cariñosa:

"¿Qué, no quieres que cante?". No, prefiere que no cante, pero calla y se recoge en su asiento y mira hacia cualquier otro sitio, evitando respuestas innecesarias, incapaz de entender esta actitud nueva en Él. Al rato, sin dejar de cantar, lo ve alejarse hacia el comedor.

Si la lluvia no cesara pronto, si no hubiera modo de salir a la calle en mucho tiempo, Lina sería la primera en obligarlo al silencio. Pero por el momento no parece molestarle ese aire feliz que Él ha adoptado. A la hora de la comida se ha vuelto más obsequiosa que de costumbre, quizás contagiada por este humor nuevo que sacude la casa, mientras la lluvia se apodera del paisaje.

72

Sueños

Cuando termine la lluvia buscará el modo de escapar. Hace mucho que sueña con hacerlo, pero ni Él ni Lina le quitan la vista de encima. Están atentos a cada uno de sus movimientos y no la dejan salir sola, aunque a veces, para algún recado, Lina la envía a los alrededores.

Ni siquiera sabe Claraluz lo que es un domingo de asueto. Muy temprano en la mañana tiene que participar junto a Lina y los vecinos en la "limpieza de la cuadra", barrer las aceras, recoger la basura y adornar las fachadas de las casas, si está próxima una fiesta revolucionaria. Sólo cuando no queda nada por hacer Lina le permite ponerse su vestido a cuadros, el único que todavía conserva sano, y asomarse al balcón, donde no es mucho lo que ve, pero al menos es algo diferente. Al rato aparecerá Manila, almidonado, con las ropas estiradas y el pelo crespo, donde el negro resalta y brilla aún más con el sol.

Lo ve hablar solo, sentarse en el quicio de la acera; un Manila que no ha conocido más vida que ésa, la del barrio, la de los dos o tres amigos que ahora se le acercan y lo acorralan y no sabe cómo hacer aparecer la eterna botella de aguardiente, mientras se alza el tono de voz y la tarde recoge en el aire palabrotas y gestos torpes. Apuestan cada trago a una ronda de suerte en el que están envueltos los pocos automóviles que a esa hora circulan por las calles. La bodega, la carnicería y el tren de lavado de los chinos permanecen en silencio, con cierto aire fúnebre. "El Quemado", Caridad, Ñica, la de los perros, y toda la otra gente del barrio se han quedado en sus casas, detrás de esas paredes que no logran ocultar el despliegue miserable de sus vidas barrioteras. Son como Manila, como ese trozo de acera, o ese bombillo del alumbrado público, esencia fulminada en el sueño.

Al fondo del solar de la esquina vuelan las palomas amaestradas de la Sociedad Colombófila, y en la azotea de un quinto piso salta la suiza una niña raquítica. Paisajes para el olvido, si es que algún día Claraluz logra abrir defnitivamente la puerta de su celda.

Una hora después el sol ha escapado y la melancolía se posa suave en la luz opaca. Claraluz vuelve con prisa a la sala, cansada del paisaje humano, y se sienta de nuevo en su sillón para mecerse como una boba todo el resto de la tarde. Chopin suena en el radio. El domingo es triste, se repite a sí misma. Pero el lunes tampoco es distinto.

¿Los recuerdos son recuerdos?

Un recuerdo vivo, una esperanza, pero no es ella la que camina por esas avenidas, ni la que toma un taxi ni atraviesa los parques con paso apresurado; son los otros, sus vecinos, o esos seres imperturbables que habitan la ciudad, que encienden en la noche sus lámparas, que se visten o se desvisten con la infinita pereza de los días y sus noches. Ella no es libre para ninguna de esas cosas: el ojo de Lina es su guardián más fiero, la ata con cuerdas invisibles y luego ríe como si no estuviera pasando nada. Él es mucho más aterrador sin embargo, con su rostro de eterno ausente y sus pasos torpes en la escalera. Él suele mirarla, cuando la mira, con mirada perdida y disponer de su vida con sólo retorcerse los dedos, sin dejar de oír a Mozart. Su voluntad de destino tuerce el cuello. Sus rarezas son señales peligrosas y por eso Claraluz corre a esconderse en los escaparates o en cualquier sitio de la casa. En la noche, su tos, brusca e inesperada, le pone los pelos de punta. Sueña que Lina ha muerto y se han quedado solos ella y Él, en medio del caserón a punto de desplomarse.

Otras veces lo ve vestido de soldado, muerto, acribillado a balazos, y a una Lina lloroza recibiendo todas sus condecoraciones póstumas de manos del Presidente del Comité de Defensa de la Revolución. Son sueños de los que siempre vuelve con una sensación de fastidio muy grande, con la cabeza ardiendo y los pies helados, y se abandona en su cama esperando el grito de Lina o la música del radio de Él. Cuando ninguno de los dos llega, procura vestirse con prisa y esperar, esperar... quizás hoy sea el día, dice.

Inconvenientes

Nada funciona en la casa: el agua ha dejado de salir por las tuberías hace mucho tiempo y la mayoría de las noches la ciudad queda a oscuras. Comen con prisa, a la luz de una vela, como ciegos recien entrenados. Son horas de fiesta para Claraluz, que disfruta con la torpeza de ellos dos. Lina tiene pánico a la oscuridad y Él se queda sin su radio. Y ella, sin embargo, se balancea en su lugar de siempre hasta que la rinde el sueño. Es su pequeña venganza, el único triunfo al que la somete esta tregua de horas. Entonces tampoco pueden ver la burla en el rostro de Claraluz, ni el desprecio que la conmueve.

A Lina le da un ataque si en medio de la comida se produce un apagón. Se atraganta, tose, pero se controla cuando va a comenzar a maldecir. Y entonces Él, por decir algo, comienza con la perorata del ahorro, como si estuviera en una reunión del sindicato.

¿Existe Gloria?

Ha subido de dos en dos las escaleras de la casa de Gloria. Al final, el pasillo iluminado le ha parecido menos tétrico que nunca. No ve la suciedad de las paredes, la pintura gris, a tramos, como feos bordados, ni ha querido perder tiempo en todo lo que no sea tocar con frenesí el timbre de esa puerta tras la cual se esconde una verdad y por la que ha desafiado la furia de Lina y los arrebatos de Él. Aquí ha llegado por fin, sosteniéndose en un pie, con el alma en vilo, ciega al mundo de horror que la ha rodeado hasta hace tan sólo un momento.

No ha bastado su impaciencia para que la puerta se abra, para que la figura pálida y flaca de Gloria la reciba con los brazos abiertos, aunque temerosa, sin creer lo que ven sus ojos. Y en su nerviosismo y desesperación no ve a Gloria, no la reconoce, no quiere detenerse en los detalles: el pelo rejuvenecido, casi negro, la figura un poco más gruesa, los ojos de mirada interrogante, extrañada. Se lanza feliz en sus brazos, temblando, incapaz de dominar los nervios, incapaz de pensar que aquella no sea Gloria.

Pero Gloria ha desaparecido ante sus ojos, la extrañeza con que la acogen, la voz entrecortada, no pertenecen a una amiga. Aquella mujer que le está mirando ahora como a una desconocida, que no comprende sus lágrimas, ni parece apiadarse de ella, no es, por supuesto, Gloria. La oye negar toda evidencia, contestar a alguien que le habla desde el fondo de la casa: "Buscan a Gloria", dice como si la conociera y eso la hace recuperar la confianza perdida hace un momento. Seguramente estará allá dentro y aparecerá de un momento a otro en la puerta. "Siéntate, niña", dice una voz vieja que se acerca desde el interior.

Está ya sentada cuando la mujer que la recibió en la puerta, ahora casi sonriente, le dice en confianza: "¿Así que te creíste que yo era Gloria?".

Reconoce la sala, tantas veces visitada antes, el piano pintado de negro donde la hija mayor de Gloria tocaba "El manicero", porque era lo único que se sabía. Aquel lugar, tan grato a su recuerdo, no era sin embargo el mismo. Como si el tiempo le hubiera arrebatado de golpe el brillo familiar a las cosas.

—Pues, niña —oyó que decía la mujer más joven—, a Gloria no la conocí; sé que ese era su nombre por algunos papeles que encontramos en una gaveta y por las iniciales bordadas en un juego de cama.

La imaginó muerta, muerta en extrañas circunstancias que no lograba precisar, Quizás la evocación del juego de cama fue lo que la llevó a pensar así, a asociarla con un destino fatal, pero la voz de la otra mujer la sacó pronto de la irrealidad.

—Gloria debe estar ahora comiendo jamón, chica. ¿Y tú, para qué la quieres, es familia tuya?

No tuvo que responderle, la otra mujer lo hizo por ella:

—No, si fueras familia de Gloria sabrías que hace casi seis meses que ella y su gente se fueron para el Norte, porque ése es el tiempo que el gobierno nos dio esta casa, con todo lo que tenía dentro.

En la calle, la lluvia del día anterior había dejado una claridad nueva en el paisaje; una frescura distinta. Era una tarde de cielo despejado, pero ella casi juraría que no se habían borrado del todo los presagios de tormenta. ¿O era su estado actual de ánimo? Miró al cielo de nuevo, mientras caminaba subida en el muro del Malecón. A sus pies, el mar jugaba en los arrecifes. Su presencia la aterraba y la hacía sentirse mejor al mismo tiempo, porque detrás de aquella raya del horizonte, ¿cuántas cosas ocultas, nuevas para ella, no habrían?

Junto a la roca carcomida por las olas, tres negritos lanzaban botellas y desperdicios al oleaje, en un intento de comunicarse con ese otro mundo que habitaba las aguas. A lo largo del muro, lo suficientemente ancho para no tener que interrumpir su paso, parejas de enamorados, de espaldas al mar, pescadores sin fortuna y viejos de ojos muy hundidos por la

78

quemadura del sol, animaban con su presencia la melancolía impuesta por una luz demasiado blanca sobre el paisaje de la tarde. La Habana se apilaba frente al mar, devorada por ese Malecón que parecía imponer su presencia, que trazaba límites morales a la ciudad. Miles de ojos inquietos se asomaban cada día por los huecos de aquellas ventanas frente al mar, interrogando diariamente al horizonte, en busca de una respuesta forzosamente distinta. Pero la roca dura, salpicada de espuma, se erguía desafiante frente a la frontera de los sueños.

Sin percatarse de la entrada de la noche, distinguió de pronto muy cerca las luces del Morro; su sombra de vieja fortaleza española parecía hundida en el mar ahora que el faro que la coronaba lanzaba un chorro de luz.

Se asustó, a esas horas Lina estaría buscándola por todas partes y Él habría podido avisar a la policía. Le quedaba aún, por lo menos, una hora de camino para alcanzar la casa de Lina. Se bajó a toda prisa del muro, atravesó la ancha avenida y salió a San Lázaro. Caminando ahora en sentido contrario vio cómo languidecían los balcones en el atardecer y cómo de las ruinosas puertas escapaban murmullos y sonoridades. Radios, bocinas, gritos de recien nacidos, trozos de canciones y peleas a toda voz quedaron atrás cuando dobló por Lagunas. Frente a ella se alzaba ahora la vieja y destartalada casa de Lina. Apretó el timbre, la cabeza le daba vueltas. ¿Por qué no había huido definitivamente, por qué volvía como mansa paloma a la maldita jaula? Pero era demasiado tarde para reaccionar; en lo alto de la escalera la voz indiferente de Él, sin trazos de aparente malhumor, sonaba conciliadora.

La vuelta

Ha vuelto, se decía a sí misma, mientras alcanzaba ya el rellano de la escalera, porque todo esto es superior a sus fuerzas, porque a dónde ha de ir si ni siquiera podía contar con Gloria. Lo lógico hubiera sido no volver, claro, pero cómo. Ella misma no era ella, sino una especie de doble suyo, alquien que se miraba al espejo y no se reconocía más que de pasada, por el sufrimiento de los ojos. Está allí de nuevo, pero lo cierto es que tampoco parecía reconocer ahora esa cabeza súbitamente encanecida por el juego de luces y sombras del comedor, ni los grandes ojos de Él que la miran como si no lo hubieran hecho en siglos.

"¿A dónde has ido?" "¿De dónde vienes?" "¿Quieres comer?" "Lina, pon la mesa".

El tono seguía siendo amable, pero sólo la vara mágica del tiempo, o su cabeza puesta a soñar, podría haber transformado como lo ha hecho, a estos dos personajes. Lina tiene la boca torcida, hemiplégica, se le han llenado de arrugas las manos, y el pelo de Él es casi blanco, ha engordado, se le han hundido los ojos. ¿Qué ha sucedido? ¿Cuánto tiempo hace que nos ve? Una eternidad, se dice, tiene que ser una eternidad.

Hablan y ríen en su presencia, como si adivinaran el desconcierto de Claraluz. ¿O será la alegría de saber que ha regresado, que no han perdido a su presa? ¿Es que acaso le han cortado las alas con esa tijera que Lina tiene ahora entre las manos? ¡¿Así que eso era todo, le han cortado las alas?!

—Te estamos preparando una sorpresa, ven bobita, ven, asómate a tu cuarto. Y fue Él quien la tomó de la mano y la condujo para que viera lo que Claraluz no quería ver, un par de alas enormes, sangrantes, encima de la cama.

"Alas de verdad", dijo alguien desde el Altar, mientras ella corría por el pasillo de la capilla sin saludar con reverencia

80

al Crucificado.

"Son alas de mentira, boba, de mentira", dijo su madre cuando Claraluz se asustó. "Son para la fiesta de la Resurrección". ¿No te gustan?".

"No, no me gustan, son rosadas, parecen vivas y huelen a pollo mojado". "¿Cómo dices, niña, si están tan limpias?". "A ver, pruébatelas". "No, no quiero, no quiero".

"Pero, niña, si son de mentirita".

"¿No te sientes mejor sin esas cochinas alas, eh?", le oyó gritar a Lina, mientras levantaba con asco sus ensangrentadas alas.

"Hay huevo frito al plato", ironizó Él, dejando caer con el tenedor en alto la masa gelatinosa que Lina le había servido. No se miraban. Claraluz estuvo a punto de vomitar.

Aquello tenía viso de pesadilla, pero era tan real que le dolía la espalda, allí donde estuvieron sus pequeñas alas. ¿En qué punto del infinito, como dos líneas que se cruzan en el aire, se desdoblaba en las sucesivas Claraluz que sentía germinar en ella con cada cambio de estación? La niña acorralada, la mujer invernando, la anciana de otro siglo, todas, llevaban el mismo nombre y habían sido moldeadas con el mismo barro.

La huida

Una necesidad muy grande de lanzarse a la calle, de recorrer el mundo, la impulsó a abandonar de nuevo la casa de Lina, mientras ella se había marchado a no sabía dónde, y Él estaba en algún trabajo voluntario del sindicato.

No sabía qué camino tomar, pero se subió al ómnibus pagando con cinco centavos que había encontrado sobre la cómoda del cuarto de Lina. Se apeó en Miramar; siempre le había gustado la Quinta Avenida con su vegetación arcaica, sus dátiles y el viejo reloj que ya no daba ninguna hora, parado como estaba en la eternidad.

Era lindo caminar así, empeñarse en ver la vida y lo que la separaba de la felicidad. Era lindo subirse a los árboles y desde allí presenciar los milagros de la supervivencia. Calles y más calles, como una gran lengua de pavimento y sol, atadas a un único destino, el de los caminantes indiferentes. Había gente, mucha gente, pero ella no sabía verlas, se escurría entre ellas, se negaba a seguirlas. ¿Quiénes eran? ¿Por qué caminaban como ella hacia el infinito? Tenían que ser marcianos, gente venida de otro planeta, o quizás ella se los estaba inventando, con esa nueva manía de ver las cosas doble. Pero no importaba mucho.

Se sentía bien, segura del camino, como si la guiaran por entre toda la muchedumbre aquella, a través de un trillo de luz que la condujera al cielo. Se alejaba de Lina y de Él con cada nuevo paso. No habría regreso. Alguien viene ahora detrás corriendo velozmente; alguien salta; de un camión bajan otros; de una motocicleta se lanza un muchacho; de un taxi se precipitan varios pero la arrastran, y se deja arrastrar; y oye voces, muchas voces, gente que habla y grita, pasos detrás y delante. Madres con niños en brazos y hasta perros que siguen a sus amos; y de pronto alguien lanza por el aire a los niños más pequeños y otro pide ayuda y otro hace con su cuerpo una escalera humana, y ella, Claraluz, no sabe quién es quién, si uno de esos que corren y gritan, o la que acaba de escapar de la casa de Lina. Como si hubiera perdido la razón. Por eso no puede comprender cuando un hombre, largo y encorbado como un garabato, pasa corriendo a su lado y le dice: "¡Niña, la libertad!!".

Pero ella ha oido antes esa palabra, sabe que existe. Sabe que es posible correr y correr y caer de bruces en alguna otra parte.

Ahora el que le viene pisando los talones es un jovenzuelo que le grita que corra, que corra más, que se apure, que alcance cuanto antes la cerca, esa cerca extraña y fugitiva delante de los ojos, de la que ahora, y sólo ahora se percata, cuando todos dan un salto mortal.

Y está a punto de echarse a llorar, porque no entiende nada, cuando una anciana negra y gorda le pide ayuda, ella también quiere saltar la cerca. Y es entonces que sabe lo que está ocurriendo, que a toda prisa la mujer le cuenta lo que hay detrás de la cerca.

Una vez que la vieja está del otro lado, ella también se agarra a la alambrada y con la ayuda de otras manos salta. Como un perro sin amo se tiende en un rincón, el más pequeño, mientras ve llenarse en minutos todos los espacios abiertos. Está rodeada ya de miles de personas; del otro lado, la Isla es algo lejano, un barco que se hunde en el sueño.

Rapsodia III

Balada de la prisión

Allá en la cárcel,
allá en la cárcel,
sólo hay dolor.
La Isla entera
sumida está,
en prisión,
y sólo uno queda
fuera,
y es el ladrón.

Le llegó la salida a Claraluz

Había que terminar de empacar, separar lo innecesario, regar por última vez las plantas del balcón, descolgar los retratos de familia. La casa se ha llenado de gente, de amigos, de vecinos solícitos que no le han dado nunca la espalda y que abrigan la secreta esperanza de reunirse con ella algún día en el extranjero. Otros, los más optimistas, están también a punto de marcharse, ésos no quieren nada de la casa, ésos ayudan a repartir las pobres pertenencias que van quedando, que han podido hurtar al inventario oficial, implacable.

Como los tiempos han cambiado, Claraluz podrá llevar hasta veinte y dos libras de peso, pero siempre hay que contar, dicen los que saben, con el funcionario de aduana, que hurgará con irreverencia entre las cosas y dirá sí o no. Quizás es por envidia que suele violar los gustos de los anhelantes viajeros y separa caprichosamente un par de zapatos o una bata de casa. Ahí reside todo el poder de este hombre, pero lo disfruta como si gobernara a su antojo un país entero.

La historia que vivió la protagonista

Hoy le toca ayudar en la cocina, pelar malangas, limpiar y lavar el arroz. Son cinco sentadas a la enorme mesa del comedor. En media hora han limpiado un saco de arroz y a las diez de la mañana ya está listo para ser lavado tres o cuatro veces antes de ponerlo a cocinar. La ayudan Tomasa y Elena, las dos parlanchinas del grupo: la una, desdentada; la otra, con cara de alcahueta, pero buenas las dos. El agua lechosa, que dicen alimenta a los cerdos, se escapa ahora por el tragante del fregadero sin que se pierda un solo grano de arroz.

Vidas elementales y paralelas

Nunca supo la verdadera historia de esas mujeres que comparten con ella los quehaceres en la cocina. Apenas tendrán cuarenta años, pero sus edades podrían medirse por las bocas desencajadas, sin dientes, o el pelo rizado y duro de Tomasa que peina en forma de moño en lo alto, sin que logre recoger del todo ése que le rodea el rostro como flechas. Las otras son tan parecidas a estas dos mujeres, a esta Tomasa y a esta Lucía (gordita, fofa, con piel color de aceituna y garganta de soprano), que Claraluz las confunde a ratos. Pero se han agrupado realmente por afinidades, por eso cuando salen a trabajar al campo comparten el pan de la merienda, y los chistes. A chistes no las ganan nadie, especialmente los que hacen a costillas del Reeducador, como llaman a una de los centinelas. Y cuando el martes llega Graciela, la de la Federación de Mujeres, todas afilan el humor con la vieja canosa y gorda que no sabe hablar más que de círculo de estudios y derechos humanos de la mujer en la Revolución, o de lo necesario que es ganar pronto el derecho a la libertad, con una conducta intachable.

|Sueño de una noche de insomnio

La cama de Claraluz es la de arriba, y encima de su litera —de esquina a esquina del barracón— cuelga siempre un largo cordel repleto de ropas y toallas húmedas. A ratos, el olor es insoportable, sobre todo cuando llueve y todas cuelgan la ropa sucia y húmeda días y días. Cuando se apagan las luces, un ruido sordo y persistente —como de pasos en la hierba húmeda— llena el amplio barracón: son las ratas con su ir y venir sobre las cuerdas. Por soñar, sueña que una enorme rata, la más hambrienta, le cae encima y la devora en un segundo dejándola en el puro hueso. Pero cuando a pesar de las ratas y las pesadillas, el cansancio termina por vencerla, sueña también que Santa, la bruja del grupo, se ha vestido de hada y que tiene en la mano la terrible Piedra del Sol. Y quiere explicarle, con vocabulario casi no humano, la razón de su destino allí y el de todas ellas.

Y para eso se remonta a la línea de los astros, y entre paraíso perdido y mundo imaginario, logra escabullirse sin que den con ella los centinelas. Pero antes le pregunta a Claraluz si le gustaría que escapasen juntas. La barraca está fuertemente vigilada, los perros ladrarían en la noche, pero no les darían caza nunca, porque la Piedra del Sol las hace invisibles. No, no más aventuras, no más gritos ni luces que se encienden en la alta noche, ni mujeres que corren aterrorizadas mientras un látigo enorme las persigue sin piedad de una esquina a otra de la barraca, mientras el Reeducador maldice la hora en que no las metió en cintura a tiempo, en que no les arrancó la lengua, ni les cortó las manos, ni les echó sal en la piel, que les arracan ahora a tirones. En el viejo álamo del fondo, junto a las letrinas, el cuerpo de Santa se balancea. Es la primera vez que todo el campamento se despierta al unísono, y no lo ha conseguido la alegría de vivir, sino la muerte.

90

El Reeducador

Alfredo Sánchez, el Reeducador, grande y fuerte, con nariz colorada, está subido en una silla. Hace media hora que descolgaron el cuerpo de Santa, que dos guardas flacuchos se la llevaron como un saco de papas, sin poder evitar que arrastrara los brazos y que fuera dejando dos rayas paralelas sobre la tierra.

Los guardias se mueven nerviosos de un sitio a otro, y un murmullo como el ruido de las abejas sobre las cabezas calvas, recorre el campamento. Es como si no supieran qué hacer con un cadáver. Han avisado a la Capitanía más cercana y han quedado en enviar un carro a recogerlo; pero mientras, mientras no aparezca nadie por el desolado caminito de anacahuitas, el Reeducador no consigue mantener el orden deseado, y subido allí, en una silla, trata a pesar suyo de no ser brusco. No estaría bien ponerse a gritar ahora, ni tratar de imponer la obediencia con órdenes militares, porque sospecha que no puede confiar demasiado en aquel repliegue de mujeres asustadas. Algunas lloran en un rincón, mientras una mayoría lanza maldiciones que él no puede dejar de oír. Como ya no sabe hacer otra cosa, intenta leer en voz alta el editorial del periódico Granma —el mismo que las reclusas usan para limpiarse el trasero en las letrinas— sin importarle para nada que no le presten atención.

Sánchez ha pedido que no se sirva el desayuno hasta que vengan a recoger el cuerpo, por eso el olor pastoso e indefinido que ahora llega de la cocina es más insano que nunca, como delatando la presencia inesperada de la muerte. Los rostros febriles y compungidos no parecen advertir la mirada huidiza del Reeducador, tras haber puesto fin a su editorial. Vestido con su uniforme almidonado de militar, trata de mantener el equilibrio de su enorme cuerpo sobre la silla, mientras da vueltas entre las manos a su gorra de visera. El frenazo seco de un camión a la entrada del comedor, evita a tiempo que trate de explicar —sin que nadie se lo hubiera pedido—, la explicable muerte de Santa.

El baño

Se armó una discusión en la cola del baño y dos mujeres terminaron enredadas a golpes en el suelo. Lo normal era esperar el turno junto a una gran lata de agua calentada previamente, pero una de ellas se sintió ofendida cuando alguien la salpicó al pasar por su lado. Era una escena cotidiana, y las mujeres se insultaban por cualquier cosa, pues llevaban los nervios a flor de piel. De la barraca que servía de oficina de mando, una airada Filomena se ha plantado de un tirón en la escena, atraída por el escándalo:

—Oíganlo de una vez por todas —gritó La Cucaracha, como llamaban las presas a Filomena—. Aquí no puede haber vencedores ni vencidos, aquí todas son presas, ¿me oyen?, y la próxima vez no habrá benevolencia para las que provoquen disturbios.

Le gustaba hacer discursos, lanzar amenazas de fusilamiento, doblegar a las prisioneras con su mala oratoria aprendida en los cursos militares emergentes. Había perdido un hijo cuando la lucha contra Batista y entendía la vida única y exclusivamente como un asunto de conciencia política, y era tan agria que odiaba lo que no se le pareciese, empezando por la vitalidad de esas mujeres. Tenía un modo terrible de mirar, lo que no impedía que algunas se le enfrentaran, sin miedo, casi desafiantes, a pesar de sus continuas amenazas.

.   — La Revolución ha sido demasiado generosa con ustedes, pero no consentirá en admitirlas de nuevo en la sociedad, a menos que la reeducación sea completa.

—¡Casimira! —gritó a su ayudante, una rubia teñida, que andaba de un lado para otro con un botiquín entre las manos, y a las que las presas llamaban siempre "Seño"—. En lo adelante te harás cargo de mantener la cola en orden.

Claraluz aprovechó la ocasión cuando se terminó la pelea para entrar al baño. Aquellas casetas improvisadas, con la entrada resguardada únicamente por una tela de yute, no podían estar asociadas a la higiene, pero no había otro modo de sacarse del cuerpo toda aquella mugre, todo el sudor pegado a la piel luego de un día completo de trabajo.

Cuando terminó de bañarse, la normalidad había vuelto a la cola; era difícil resistirse a las amenazas de fusilamiento de La Cucaracha, de modo que las mujeres se alineaban serenas y resignadas a su destino, ahora bajo la mirada nueva de la "Seño".

Las razones

Un año de cárcel, hacinada entre mujeres, sometida al trabajo brutal del campo; las manos destrozadas, sangrantes; la piel quemada y el corazón en vilo, mirando por la ventana de la barraca hacia ese mundo violentado día a día por la aridez, por la primitiva lógica de este trabajo, por la falta de amor con que se cultivaba o se construía alredor suyo.

Era el paisaje más odioso que había contemplado en su vida; una forma grotesca y estúpida de "civilización". Y ella también era como esa piedra, quería flores, un sol piadoso, un viento sereno. Pero las dos estaban sometidas a la desdicha cotidiana impuesta por alguien..

Los días van y vienen, arrastrados por ese par de bueyes que de por vida acarrean el agua, o tiran del arado, contemplando con indiferencia el futuro, el largo trillo que crece junto a sus patas, y del que no tienen escapatoria.

Siempre son voces las que gobiernan la vida, se dice, hasta la de los bueyes; son voces las que las arrastran a trabajar o a comer la mala comida, o a bañarse o a dormir, a pesar de ellas mismas.

Son voces las que les gritan la injusticia, la infelicidad, las que se paran de cabeza, las que hieren el cielo con sus truenos; voces, voces como estampidas las que atemorizan la vida donde quiera que ésta se esconda.

A lo lejos, el río es una larga cabellera espontánea, suelta, que va y viene lentamente por el mismo camino, como si hubiera inscrito su ruta en las páginas blancas de un libro de horas. Un montón de cenizas cuando más, unos ojos que lo contemplan todo a la espectativa, una mujer alta, flaca, con olor de gitana, mirando por las rendijas el cielo blanco y la ausencia de horas.

Es domingo. Una única visita, la permitida. Javier trae a las niñas. A sus hijas, necesitan verla, dice él. Se sientan debajo de algún solitario árbol y conversan y comen lo que él ha traído. No muy lejos, se mueven los guardianes en sus postas. Ella se fija ahora que el cielo es siempre azul. Sentados allí, comen con la alegría del encuentro. Aunque tristes. Las niñas no, no lo parecen. Javier habla de su trabajo, de lo que aprende con aquellos tipos rudos, con los que comparte ahora ocho horas de labor diaria. A Javier lo han puesto a trabajar en la construcción, incorporado a una brigada que repara las calles.

Cuando lo dejaron sin trabajo, sólo le ofrecían cosas así, y al final tuvo que aceptar. Claraluz le rogó que no cogiera el de sepulturero. No hubiera podido soportar la idea. Salta a la vista que las niñas necesitan nuevos zapatos y que el pelo de la pequeña está recogido en la nuca, sin gracia alguna. Aunque Javier se esfuerza para que luzcan limpias y alimentadas, ella imagina — aunque no se hable de eso— los sacrificios que hace para darles de comer. Javier nunca fue un hombre hábil en cuestiones domésticas, ella lo sabe. ¿Cómo se las arreglará con la lavadora rusa? Con aquel aparato infernal que no saca el churre y gasta en cambio mucha agua. Y en la casa no tienen agua casi nunca. Javier es estoico, todos los días de su vida haciendo colas para la comida. La vecina, en cambio, siempre tiene el primer turno porque se levanta por la madrugada, pero Javier trabaja, atiende a las niñas. Arroz: cuatro libras por persona; salsa de tomate, una latica; manteca, una libra; 6 onzas de granos... es imposible, casi imposible. Y 3 onzas de café por semana y luego un pollito para nueve días o cuatro onzas de carne. Son las cuotas interminables del infinito racionamiento. La *libreta*, como le llaman. Para volverse locos. Ya no hay ni palomas, ni pájaros en el campo, se dice. Y nada de cebolla, ni de ajo. Por eso a todos les duele la columna vertebral. La cebolla da sangre. ¿Qué hará Javier para no morirse de hambre? Ya las niñas, porque son mayores de 7 años, no tienen derecho al litro de leche. Ahora reciben tres laticas de leche condensada al mes por cada niña. Cuando la condenaron,

96

las autoridades la quitaron de la libreta de abastecimiento, porque dijeron que en la cárcel comería su ración.

La bolsa negra

La bolsa negra no es negra, es roja. El viejo Miguel, la señora de los ocho hijos, la vecina de los bajos, la polaca, la comecandela, todos, todos, se nutren de la bolsa negra. Todos, menos Lina.

Finezas

Hoy, vendrán a cortarles el pelo, según gritó Filomena. Vendrán a pelarlas unas infelices peluqueras de pueblo que practican con las presas. Y tendrán que mostrar también sus manos encallecidas. Y luego vendrán, es de suponer, los médicos, los dentistas, los veterinarios, a ensayar en esos cuerpos desacostumbrados ya a la civilización.

Como en los viejos caballos de aquella finca de su infancia, donde un breve relincho anunciaba que el hierro luminoso se había incrustado en el costado. Pronto sanaban, demasiado pronto, pero aprendían que todo dolor tiene su límite, que toda vida se quiebra en ese momento también.

Hoy volverían a ensayar el gesto, la sonrisa: Elena quisiera alisarse las pasas; María, una buena manicure; Blanca, un pelado corto (para no tener que peinarse todos los días); la China, una permanente. Sueñan. Las aprendices sólo querrán cortar y cortar como cirujanos de pobres. Les darán miedo estas presas, miedo y asco, pero quizás nunca pena. Las otras mujeres no entenderán cómo pudieron caer tan bajo, se dirán.

Comentarán entre ellas las fachas, lo mal que les sienta el tosco uniforme.

Quizás la verdadera historia

Un día la encarcelaron, la metieron de cabeza en un automóvil y ya no hubo más que celda. Como si de un empujón hubiera retrocedido en la escala humana. Eso fue lo que sintió durante el mes que pasó en la Seguridad del Estado, abandonada a un destino incierto. Entre las cuatro paredes de su celda ya no sufría, el dolor —pensaba— es un arma punzante para los que caminan por esas calles, no para ella. Los adivinaba en sus actos cotidianos, detrás de aquellas paredes, insensibles, como murmullos que llenan el misterio de los días. Los tiernos paseantes de domingo, los litigantes callejeros, o los que olfateaban el aire en busca de mercancías inexistentes no pensaban en ella, claro, no sospecharían a esta Claraluz, atrapada como un pájaro en su jaula.

Vinieron a juzgarla cuando la trasladaron a la cárcel de Guanabaoa. La conderon a tres años, aunque el Fiscal pedía seis. Quizás la salvó el hecho de que no intentara defenderse. Eso les hubiera dado más roña.

Julia, una vieja amiga, la había hecho depositaria de sus fotos familiares y de documentos y papeles que sólo parecían concernir a la familia. A Julia le habían negado tres veces la salida del país y estaba desesperada por ver a su hijo. Hacía diez años que lo había enviado solo a los Estados Unidos, temerosa de que fuera cierto el rumor de que el Estado le quitaría los hijos a sus madres para educarlos en la doctrina comunista. Se corría la bola de que los niños iban a ser enviados a Rusia, y los de humor terrible decían que iban a regresar enlatados como carne rusa en conserva. Tan insistentes eran los rumores que miles de familias se apresuraron a enviar a sus pequeños hijos al extranjero, aún a riesgo del daño sicológico o de la gran soledad a la que los

100

condenaban. Julia fue de las que creyó en los rumores. Siempre había sido más que una buena amiga para Claraluz, una hermana. Estudiaron juntas, compartieron gusto y modos de pensar. Luego Julia se casó con el dueño de una farmacia, del que se divorciaría años después, y para mantener a su hijo se dedicó a coser para la calle. Se hizo de una gran clientela, porque era buena, pero también porque una modista en aquella época, en la que había que hacer milagros con la tela que se consiguiese en el mercado, era como una reina a la que había que contentar. Todo el mundo le traía regalos, y ella no sólo cosía sino que se dedicaba a vender lo que podía en la bolsa negra: zapatos, telas, comida, artefactos eléctricos... Se había hecho popular entre las mujeres de los técnicos búlgaros, polacos, soviéticos, húngaros, que habitaban ahora en la Isla, y en pago por el increíble trabajo de Julia como modista, le regalaban mercancía a la que sólo ellos tenían acceso en supermercados para técnicos extranjeros. Envuelta en el mundo del mercado negro, cosiendo a toda hora, Julia soñaba con el momento de la partida. Pero en tres ocasiones distintas había recibido los telegramas de Inmigración negándole el derecho a reunirse con su hijo, ahora un adulto que vivía con su mujer y su hija en California.

No habían dejado de verse, Julia seguía siendo la amiga entrañable de siempre, la modista que la sacaba de apuros, pero no podía decir que giraran en el mismo mundo. Julia era una mujer conservadora, nerviosa, de buena presencia, siempre con el humor ligero de sus años juveniles, y aunque la amistad había echado profundas raíces, vivían vidas diferentes.

A raíz de su matrimonio con Javier, Claraluz sintió que la amistad se había enfriado, quizás por culpa suya: estaba ahora casada con un funcionario del gobierno, y aunque Julia nunca se atrevió a reprochárselo, Claraluz sentía sobre ella, cuando se visitaban, los ojos interrogantes, llenos de reproche de Julia. No, ni ella ni Javier podían ayudarla a obtener el permiso de salida. Javier era un funcionario menor, sin ninguna relación directa con el poder. Había estudiado Economía y estaba metido en Planificación, eso era todo. Por joven y entusiasta de la

Revolución llegó a ocupar aquel cargo sin que nadie pusiera en duda su honestidad, hasta que sucedió lo que sucedió.

Lo sacaron de su cargo con un burdo pretexto: incumplimiento de las normas del departamento que él dirigía. Julia los llamó en cuanto lo supo para ofrecerles su ayuda, y de algún modo Claraluz sintió que su amiga quería hacerse perdonar. La amistad se tornó más humana y además de las penas y alegrías, Julia compartió con ellos muchos de los beneficios que obtenía como modista de extranjeros. Hasta que un día, Julia les propuso abandonar juntos el país, clandestinamente, en una lancha que saldría con todas las garantías desde una playa de Matanzas. Claraluz se aterró. No quería exponer a sus hijas, así que Julia decidió partir sola.

A Julia y a los otros viajeros los detuvieron el mismo día que a Clarazluz. En el grupo había un miembro de la Seguridad del Estado que se había hecho pasar por desafecto de la Revolución, que sabía incluso que Claraluz guardaba todos los documentos y fotos de Julia; que era pues su cómplice, alegaron.

A veces, Claraluz se había preguntado por qué no encarcelaron también con el mismo pretexto a Javier. Pero sólo ahora sabe la respuesta: se es más cruel desde la originalidad, Ella, no él.

Historia de Claraluz y Javier

No recordaba cuándo ni cómo conoció a Javier, como si hubieran vivido juntos toda la vida, sin niñez ni adolescencia, sólo años compartidos: cuerpos diferentes pero una sola persona.

Claraluz era la prolongación vital de Javier. Fue una suerte que se conocieran este hombre y esta mujer, y que hubieran atravesado juntos los acontecimientos más desconcertantes de sus vidas, sobreviviendo a ellos, con la naturalidad con que habían tomado todas sus decisiones.

Enfrentarse al destino adverso tenía sus ventajas, pensó Claraluz, mientras se regocijaba en la idea de lo mucho que habían aprendido ellos dos del sufrimiento humano, de la terrible realidad de la cárcel y la separación.

No era un Javier distinto el que afrontó los últimos años, era él mismo de siempre, pero convertido de pronto, por obra y gracia de los acontecimientos, en un ser de acción. Cuando lo dejaron sin trabajo en el departamento que dirigió durante años con tanta cautela, se dedicó a ganarse la vida como pudo. Con un poco de dinero ahorrado, se asoció a un viejo amigo que tenía en la Víbora un taller clandestino de hacer zapatos de mujer.

Aquellos suecos hermosísimos, con suelas caladas, le dieron la oportunidad de probar un nuevo talento dormido en él: con una larga cuchilla, flores y frutas iban cobrando vida sobre la madera. Tenía la paciencia de los grandes artesanos. Claraluz se encargaba de buscar los compradores, y realmente la tarea no era difícil, porque todo el mundo quería, necesitaba, un par de zapatos.

Cuando el taller cerró, por miedo a una denuncia, Javier se levantaba de madrugada para cazar puestos en algún restaurante.

Por esa tarea, un par de ancianas le daban ochenta pesos

al mes. No era mucho, pero peor era nada. Y cuando las viejitas se marcharon del país, Javier se dedicó a comprar y vender libros viejos. Los compraba a gente que estaba por irse del país, estudiantes apretados de dinero, lectores con poco espacio en la casa; en fin, que encontraba recompensa económica en aquel comercio extraliterario para el que siempre tenía los mejores augurios, pues decía que de un momento a otro le caía en la mano un libro milenario, o lo sorprendían con algún billete de banco escondido y olvidado por sus dueños en la loca carrera por abandonar el país.

Pero Javier nunca se topó con el libro milenario o el billete fortuito, sólo con aspirantes a poeta que cansados de hurgar en las bibliotecas, en las que no aparecían los últimos éxitos literarios del mundo, o los autores prohibidos, acudían a él con la esperanza de que los proveyera. Y precisamente por eso, Javier decidió "especializarse" en autores prohibidos. Los había muchos y muy variados, y también ávidos compradores. La lista se hizo interminable de ambos lados, de modo que durante más de seis meses comieron del "negocio".

A Javier nunca le faltaba el ánimo, aunque sabía que se exponía a ir a la cárcel: vender zapatos, libros prohibidos o cazar números en los restaurantes eran acciones penadas por las leyes imperantes. Sólo que Javier las ignoraba, pues decía que no habían nacido con él, sino en medio de la situación anormal que se vivía en la Isla. Por eso defendía en voz alta el comercio, la libre empresa, la plusvalía, y hasta a las señoras ricas, sin importarle para nada las orejas que parecían ponerse en atención cuando él jugaba irresponsablemente con su destino.

El Javier que Claraluz conoció usaba lentes, tenía los ojos claros y parecía un hombre tierno e ingenuo. Pero eso sólo duró una semana, porque enseguida Claraluz se topó con el Javier real, el interesado en los números y en los asuntos astrológicos. Lo de los números le ha durado hasta ahora, pero ya no se fija en las estrellas, por lo menos para leer destinos ajenos. Ahora no usa lentes, porque dice que la miopía se corrige con el tiempo y que la suya desapareció por completo. En cuanto al carácter, sin perder ese humor fresco y campechano, pareció ganar en profundidad, en solidez. No improvisa salidas airadas, sino que mide sus palabras, como si fuera extrayéndolas de una bolsa. Pero sigue siendo un hombre de pensamiento ágil, un conversador sin tregua.

La familia de Javier era de Matanzas y estaba instalada desde mucho tiempo en una vieja y cómoda casa, muy cerca de donde en otra época se había desarrollado la vida cultural de la provincia. Javier asistió al Instituto de Segunda Enseñanza San Carlos, y luego a la Universidad de La Habana, para finalmente regresar a Matanzas, porque quería vivir una vida de provincia, al lado de los dos ríos de la ciudad y contemplando de tarde en tarde la estación de trenes estilo Tudor, pintada de azul cielo.

Pero no tardó en aburrirse de la paz provinciana, que no era tal, y como no le importaba realizar el fatigoso viaje en tren a la capital, a través de un camino que iba bordeando el mar, decidió compartir el tiempo y buscarse un trabajo en La Habana, que le permitiera regresar por la tarde a su casa.

Y ahora, escribiendo estas notas, sé dónde conocí a Javier, y cuándo. Fue precisamente un 31 de diciembre, en una estación de trenes, pero no en la de Matanzas, sino en la ruidosa y polvorienta habanera, a unos pasos del Archivo Nacional y de la hermosa casita donde nació José Martí. Compartimos un taxi; yo hasta El Vedado, y creo que él en dirección opuesta. Nunca le pregunté. Yo no venía de ninguna parte, simplemente caminaba por La Habana Vieja y como se hacía difícil en un día como aquel encontrar un taxi, me dirigí a la estación de trenes. Hasta recuerdo el año: 1960. Fue un año muy duro para mí, porque todo comenzaba a cambiar y yo seguía siendo la misma Claraluz, con mucha agitación por dentro y mucho miedo y mucho querer no estar donde estaba. Javier, en cambio, parecía complacido consigo mismo; venía de su pueblo, de pasar las Navidades con su familia y no le importaba mucho bromear con cualquier cosa, incluso con aquel cartel en letra tosca, que ya comenzaba a perfilar el futuro: "Si Fidel es comunista, que me pongan en la lista".

—Espero —dijo sonriendo burlonamente— que usted esté entre las primeras de esa lista.

Y mientras salía del taxi para darme paso, pues yo había llegado a mi destino, gritó sin dejar de sonreir:

—Ah, póngame, póngame también a mí.

Rubén Darío

¿Te acuerdas, Claraluz, de Rubén Darío? ¿Te acuerdas, Claraluz, te acuerdas de Rubén Darío? ¿Y de Rosita, su madre? Claro que me acuerdo de Rubén Darío, el muchacho de dieciseis años. Cruzaba la frontera, esa pequeña y desgraciada frontera nuestra con la Base Naval de Guantánamo, cuando le dispararon a mansalva. Los de esta orilla, seguramente jóvenes como él, pero ignorantes, estatuas armadas con un rifle. Ni siquiera lo vi nunca, pero he oído muchas veces la historia. Rosita, su madre, se tragó para siempre el dolor. Enterraron a Rubén Darío, y no se habló más del asunto. Ya estaba muerto, dijo ella, ¿a quién culpar? mi religión me impide el odio, quiero a la Revolución, mis otros hijos son militantes, miembros del Ministerio del Interior, del Partido. Si odio, tendré que odiarlos a ellos y me llenaré de odio. No, lo mejor es olvidar a Rubén Darío. El nunca existió, me digo. Fue un sueño, mi viejo sueño de homenajear al poeta bautizando al más pequeño de mis hijos con ese nombre tan bello. Lo llevo enterrado aquí, junto a mi corazón. No son palabras, es un milagro. Rubén Darío ha vuelto a ser parte de mi carne y de mis huesos. Lo mataron por equivocación, es mejor que me diga. Nadie odia a un muchacho de dieciseis años, nadie puede odiarlo. Era un lindo muchacho, un muchacho de corazón noble, manso, generoso, criado en el amor a los demás. De tanto que sufría no se le notaba; en la escuela secundaria los otros muchachos le hacían la vida insoportable, sabían que Rubén Darío era religioso, que pertenecía como yo a la Iglesia Adventista, y no engañaba a nadie ni trataba de ocultarlo. Los jóvenes comunistas lo acusaron de hacer propaganda a favor de su iglesia, de contrarre-volucionario y de no sé cuántas cosas más. Pero Rubén Darío había aprendido, como los mártires, a sufrir en silencio y a

107

perdonar. Un día hasta llegaron a lanzarle piedras. Cosa de muchachos, claro. ¿Quién podía odiar de verdad a alguien como Rubén Darío? Más bien celos de que no fuera como ellos. Porque Rubén Darío no hablaba nunca, había que sacarle las palabras de la boca, y apenas si se le sentía en casa, con su andar silencioso y sus modales casi infantiles. Tenía el pelo arrubiado y unos ojos grandes y negros como su abuelo, el general de la guerra de independencia. Y cuando lo mataron y vi su cuerpo lleno de huecos, con la sangre ya seca, no lloré sino que dejé que lo pusieran ahí, para luego sembrarlo como una flor en el jardín de los muertos, porque a él le gustaban mucho las rosas. Así que lo bañé en un agua que preparé con los pétalos de muchas rosas, de las que él cultivaba en nuestro pequeño jardín. Trabajo me costó quitarle aquella sangre seca del cuerpo; tuve que lamérsela toda una tarde. Estaba la familia reunida en nuestra vieja casa, habían venido por lo de Rubén Darío. En un rincón de la sala colocamos su cuerpo, ya limpio y vestido como para los días de iglesia, y lo velamos toda la noche hasta que se lo llevaron para el patio y lo enterraron junto al rosal. Dios sabe que Rubén Darío ha vuelto a mí, que quizás buscó la muerte, porque esta vida era demasiado incomprensible para él.

Pero ahora que él ha regresado, ahora que su sangre alimenta la mía, estoy tranquila y me repito todos los días, delante del espejo, que amo a la Revolución, que ella es buena porque me devolvió al hijo que yo había perdido cuando nació y le puse el lindo nombre del poeta.

Intermezzo

Sueño de Claraluz

Desde el balcón de Lina se ve el mar sucio, y los barcos cruzan lentamente por el pequeño trozo de visibilidad de que dispongo. La casa no queda frente al Malecón, sino a un costado, de modo que sólo soy capaz de imaginar el resto. En tardes de completo silencio, el mar me devora con su oleaje, y un olor a mosto muy fuerte, a pudrición marina, es lo que alcanzo a recibir. Peces, y basuras, y herrumbre, y una sensación extraña de acoso. Salgo al destartalado balcón y fijo la mirada en el horizonte, en esa sombra móvil que de una costa a otra arrastra botellas llenas de ilusión. Yo también me lanzaré algún día, el menos pensado, en busca de Dios; comprobaré si existe su mano poderosa y si seré merecedora de recibir sus bendiciones. ¿Amará Dios a seres insignificantes como yo? Pero ahora, ¿qué me mueve a destruir la sinrazón? Nunca he estado junto al mar, nunca lo he visto más que de lejos, desde este viejo balcón, el antiguo camino de los barcos, pero he sentido su ritmo, su corazón, pegando el oido al caracol que Lina usa para mantener abierta la ancha puerta del comedor. No ha llegado todavía el tiempo de destruir los misterios. Ahora todo se resiste a mi tacto; mi boca y mi loco paladar no saben distinguir los grados de amargura. Lina no para de describirme los horrores del mundo de allá fuera, de pintarme hasta dragones incendiarios capaces de devorarnos con la mirada, y su mundo está arreglado como el de un loco rompecabezas; lo ha llenado de gusanos y de seres demasiado nobles para creerlos reales. Y Él, él no ha ganado todavía la pelea. Los veo a cada uno en su mundo: recorren esta cárcel doméstica, amurallada contra el cielo, este paraíso de papel. Y Lina, en sus noches de insomnio, cuando el sol le quema la amplia frente abombada, como bruja en desvelo, disfruta contándome historias de suicidas y pordioseros, los únicos seres, según ella, que habitan al otro lado del mar. La oigo hablar sobre el delirio de corrupción, de drogas, de almas vagabundas que un día u otro irán a parar a un gran basurero, a un gigantesco basurero que según ella tiene la Historia (ese país al oeste del paraíso), para albergar semejantes desperdicios. Y veo a Lina, en la penumbra del cuarto (no sé si sueño o la noche me despierta con sus quejidos), recogiendo animales desconocidos, que parecerían merodear junto a mi cama, mientras una Lina presurosa, convertida en Guardián del Universo, los va metiendo con prisa en una gran bolsa. Al otro día, Lina es la misma de siempre, la misma mosquita muerta empeñada en hacerme tragar un plato de frijoles negros donde siempre encuentro hormigas. Y lo veo a Él.

Se ha puesto su mejor camisa y está peinado, con el pelo un poco húmedo, para amansar los fieros cabellos, sentado a la mesa del comedor, con la cabeza baja, atento a los granos de arroz que le ha servido Lina, como si de esa suma dependiera su vida. Y yo estoy observándolo todo por una ventanita que tiene la cocina, casi un tragaluz, un hueco improvisado en medio de las altas murallas de esta prisión. Y lo veo a Él sonreir, con una sonrisa muy suya, pero sé que no ha sido Lina quien ha provocado su buen humor, sino los animalitos que Él tiene en la cabeza, que acabarán un día quizás por dominarlo totalmente Cuando ellos imperan como ahora, Él habla solo y sonríe, con sonrisa incendiaria.

Rapsodia del exilio

Son del Exilio

Cuando al exilio llegué,
cuando al exilio llegué...
nunca perdí la fe,
nunca perdí la fe.
Pero esto no es Cuba, Chaguito.
Aquí los gallos no cantan al
                              amanecer,
ni la palma crece como debe ser,
ni el mar es Varadero.
Aquí el sol es distinto,
la luna es distinta,
el aire es distinto,
los mangos no saben a mangos,
y lo peor: no hay Muro del
                              Malecón.

Llegó Fidel y mandó a parar,
mandó a parar la vida,
¡qué horror!

Versión de versiones

Se estaba poniendo demasiado gorda cuando se decidió por la cáscara de cebolla. El pelo largo y rojizo que con tanto orgullo cuidaba desde niña, estaba ahora demasiado flechudo a consecuencia, le dijo Federica, del abuso de las tisanas. Se lo cortó como pudo con unas tijeras no muy afiladas, mirándose al espejo, y decidió que aquel corte cuadrado le favorecería. Le gustaba imponer modas. Había usado la minifalda hasta que un día descubrió que estaba bronceando demasiado sus piernas, y desde entonces cambió y las usó tan largas que los niños se burlaban de ella por las calles, y las mujeres del barrio disimulaban una sonrisita burlona cuando la veían pasar.

Pero alguien que quiere imponer modas es valiente y no se anda con escamoteos. La vida es así. Los demás suelen criticar lo que mañana harán también. Qué le importaban las murmuraciones.

No estaba tan bien educada, sin embargo, como simulaba con aquel aire de inocencia aprendida, con aquella delicadeza que sólo consiguen los que han tenido mucho trato social. Pero en ella todo era innato y no había nada que reprocharle. Había venido atrevida al mundo, es decir, desenvuelta, capaz de transformarlo si se empeñaba en la tarea.

A los dieciocho años —hacía dos que había muerto su madre—, Claraluz había aprendido a no dormirse en los laureles, por lo pronto había ganado terreno haciéndose imprescindible en la casa. Tenía su propia habitación en el que había sido su único hogar desde la infancia y, quizás, su mayor éxito fue no haber sustituido a su madre, a la muerte de ésta, como criada del doctor Morales. Fue entonces que hizo su aparición Federica, una mulata sin mucha agilidad y que a pesar de que se pasaba el día refunfuñando, tenía un corazón de oro. Se llevaba de maravillas con Claraluz, quizás porque la sentía a su nivel, y le gustaba contarle historias de su vida, muchas inventadas. Y aunque Federica no parecía dar la talla en casa del doctor Morales, y su mujer Carmen era de opinión que había que buscar a alguien más joven, alguien que pusiera la casa al día, el tiempo pasó y las cosas fueron tomando su rumbo, de modo que mal que bien, Federica hacía lo que podía.

No ignoraba Federica las opiniones de la señora Carmen, pero parecían no importarle mucho. Vivía con un un hijo de veinte años en uno de esos cuartos inhabitables de la Habana Vieja, al que regresaba por las noches después de servir la comida y lavar los platos sin mucho ánimo. Había acostumbrado a la familia Morales a que fuera ella misma quien les sirviera dictamente de la cocina, de modo que se ahorraba tener que lavar fuentes, ensaladeras y lo demás que hacen una mesa bien servida. Si alguien deseaba repetir, allí estaba ella, ojo de avispa, dispuesta a correr a la cocina.

—No es para tanto —le había dicho Federica a Claraluz aquel día, ante el inusitado malhumnor de la muchacha— Seguramente lo has cambiado de lugar o se lo has prestado a alguna de esas amigas tuyas, que no sé ni cómo se llaman.

Claraluz había estado toda la mañana dando vueltas alrededor de Federica, tratando de que ésta recordara dónde había puesto, a la hora de la limpieza, el álbum preferido de la muchacha, precisamente aquel que más trabajo le había dado reunir. Su afición a los artistas de cine se había convertido en obsesión, y no había días en que el cartero no le trajese un nuevo envío de Hollywood con la foto del artista solicitado. Había llegado a reunir más de diez, que cada día cuidaba y ordenaba con esmero. A las tres, mientras escuchaba en la radio su novela preferida, se dedicaba a repasar las páginas de aquellos voluminosos libros. Su fanatismo por las estrellas de Hollywood era ya un ritual: ese minuto en que llegaba el cartero con la nueva foto, en que abría temblando aquellos sobres, y luego, la paciencia, el amor, con que los iba colocando entre las páginas, que repasaba a diario, con distracción, como el que baraja una y otra vez las cartas de un juego solitario y aburrido.

A veces miraba durante largo rato una de aquellas fotos, descubriendo facetas y ángulos nuevos en el artista, como queriendo retener con la mirada la esencia de aquel otro. Y tal pareciera que con el paso del tiempo y tanto manoseo, aquellas caras casi perfectas, fotogénicas, bellas, se hicieran familiares, y tomaran vida propia fuera de la fotografía, convertidos ahora en seres queridos o parientes cercanos, a quienes alguna imprevista enfermedad hubiera terminado con sus vidas.

—Me voy —fue a despedirse Federica— y ojalá que mañana hayas encontrado el álbum, porque me estás volviendo loca con tanto revolico. Total, para nada, esa gente ni te conoce, y tú como si fueran las fotos de tu mamá.

No le gustaba mortificarla, pero tenía demasiadas cosas propias en qué pensar, para dejarse ganar por los arrebatos de Claraluz. Pedro, su hijo, faltaba de la casa hacía tres días y ella no tenía la menor idea dónde podría estar. Aunque no era la primera vez que había dejado de ir a dormir al cuarto, ahora se sentía inquieta.

—Bueno, ya aparecerá mañana —dijo en voz alta a Claraluz, pero estaba pensando en Pedro, su hijo. Cuando la enorme puerta de la sala se cerró tras ella, Claraluz se tiró en la cama. Hacía rato que el doctor y su esposa habían salido a casa de un amigo, Álvaro Sánchez, médico también, un viudo que vivía en la calle Reina y con el que tenían una estrecha amistad. Ella había preferido no acompañarlos como otras veces, porque la pérdida del álbum la tenía inquieta. A esa hora, las diez de la noche, comenzó de nuevo a sacar las cajas del escaparate, y a buscar en cuanto sitio imaginaba que podría estar el álbum. Hasta llegó a mirar debajo de la cama, levantó el colchón, y tanteó sin resultado.

Sintió que abrían la puerta de la calle y que unos pasos apresurados se acercaban a su cuarto. No tuvo tiempo de reaccionar. De pie, junto a la puerta, estaba aquel hombre al que sólo había visto una o dos veces en su vida.

—No grites, por favor —le dijo él.

Al otro día por la mañana

El doctor Morales estaba sentado a la mesa de la cocina, delante de una humeante taza de café con leche y terminaba de ponerle mantequilla a unas tostadas de pan. Carmen, su mujer, envuelta en una bata de seda azul que traía recogida a la cintura, iba de un sitio a otro de la cocina, vigilando que no le faltara nada en la mesa a su marido. Federica no llegaba hasta pasadas las diez, y el doctor tenía que irse al hospital en unos minutos. Esta era la peor parte del día para Carmen: preparar el desayuno, vigilar que la leche no hirviera y se derramara, que las tostadas estuvieran a punto, y que los huevos pasados por agua no se endurecieran. Agotadora tarea para una mujer ociosa como ella.

Se levantaba con los nervios tensos y sólo al paso de las horas lograba reponerse y cambiar de ánimo y pensar que después de todo no era tan mala la rutina del desayuno. Tras el almuerzo dormía una pequeña siesta y a las cuatro se bañaba y, por lo regular, si no hablaba por teléfono con alguna amiga, se iba de compras o a merendar al Ten Cents de Montes.

A pesar de las sutilezas con que el doctor Morales reprochaba las salidas diarias de su mujer, ella no parecía hacer mucho caso a su marido, ni a sus insinuaciones de que si seguía comiendo aquellos bocaditos de pasta y esos trozos de cake de chocolate, no sólo perdería muy pronto la esbeltez, sino la salud.

El doctor decía, con una risita burlona, que Carmen se pondría como una vaca. Habían estado casados durante treinta años y parecían un matrimonio bien llevado. El doctor tenía un carácter afable, pero a ratos no podía evitar la fina ironía, hasta inquietar a su mujer o ponerla de malhumor. Lo curioso era que Salvador Morales no se comportaba así más que con ella, pero sólo los que los conocían a fondo podían advertir esa pizca de resentimiento que de tarde en tarde descargaba contra su mujer.

Para los demás, era un hombre manso, dominado incluso —pensaba algún que otro— por aquella Carmen voluntariosa. No habían tenido hijos, pero esto no parecía importar mucho a la pareja. El doctor se bastaba con sus sobrinos, que a veces inundaban la casa, y con los hijos de sus sobrinos. A Carmen, en cambio, la idea de tener hijos la sedujo los tres primeros años, pero luego, cuando descubrieron que Salvador Morales era estémontesril, todo se quedó así y no se habló más del asunto.

No hubo reproche por parte de la esposa, ni aparentes tristezas, y cuando un día tomaron de cocinera a Clara, pareció alegrarles la idea de que Claraluz, su hija, entonces de dos años, fuera también a vivir con ellos.

Claraluz fue siempre una niña desenvuelta, demasiado quizás, para el temperamento del matrimonio. Asumió a la pareja como a unos viejos parientes y hasta se acostumbró a meterse en la cama con ellos a primera hora de la mañana, cuando se levantaba antes que su madre y se iba corriendo al cuarto del doctor y su mujer. De este modo, la niña se convirtió en la hija que no podían tener.

Y era una niña muy hermosa, de pelo rizo y suave, rojizo, con una boquita en forma de corazoncito, y unos ojos negros. A los cinco años sabía leer y cantaba corridos mexicanos que su madre oía en la radio, mientras preparaba la comida.

Carmen decidió que Claraluz debería asistir a una escuela privada, católica, y que ella misma le pagaría las mensualidades. A la hora de inscribirla las monjas pidieron el certificado de matrimonio de los padres y querían saber también otros detalles de la familia. Entonces Carmen inventó la mentira de que la niña era huérfana y ellos la habían recogido. Cuando se lo contaron a Clara, ésta tragó en seco, pero no pudo evitar sentirse agradecida por lo que hacían por su hija.

Los jueves del doctor Álvaro Sánchez

El jueves era el día que el doctor Álvaro Sánchez tenía destinado para visitar a su amigo, el doctor Morales. Llegaba temprano en su viejo pero conservado Cadillac negro, que ya lo definía a los ojos de los otros, y se hacía conducir por Federica a la saleta de la amplia casa de su amigo, hasta que él, siempre demorado, hacía su aparición. Minutos después llegaba Carmen, precedida de un taconeo fino que irritaba siempre los nervios de Álvaro, y aunque trataba de hacer un esfuerzo y disimularlo, no podía evitar la cólera que le producían los tacones de Carmen. En el fondo pensaba que parecía una vulgar vendedora ambulante que necesita hacerse sentir.

Y es que Álvaro era excesivamente quisquilloso, y aunque tenía fama de buen amigo, no sabía perdonar en los demás aquello que a sus ojos eran defectos contra natura, como él les llamaba. Salvador, que lo conocía un poco, sabiendo de sus caprichos, y acostumbrado como estaba a la presencia de este amigo suyo de juventud, lo aceptaba como era, y se esforzaba para que las reuniones de los jueves fueran lo más amenas posible y todo estuvierse a su gusto.

Era el día en que, según Federica, le cogían el lomo. Nada de platos servidos desde la cocina, ni de apurillos. Una mesa en condiciones, con todo a mano y ella en guardia para lo que se le antojara a Álvaro Sánchez. Luego vendrían el fregado, las servilletas de hilo, manchadas, las copas que había que retirar con cuidado, porque eran muy finas y se partían con sólo mirarlas. ¡Dios mío —se repetía una desconsolada Federica—, cómo odio los jueves¡ ¡Cómo odio a este tipo almidonado, con ese sortijón en la mano derecha.

—Esa mano peluda me saca de quicio, es una garra. ¡Dale que dale, de la mesa a la cocina; de la cocina a la mesa!

122

—¡Federica, Federica!

"La consulta no anda muy bien", repetía siempre Álvaro Sánchez, a los postres, luego de haber pronunciado más de diez veces el nombre de Federica, que ya no sabía sobre qué pie pararse para que no se le doblaran las rodillas, mientras él, aquel tipo que según ella parecía un escaparate, olvidara de pronto para qué la había llamado.

Se creía un caballero, pero pecaba de ceremonioso impertinente, con tantas exigencias. Tenía un enorme corpachón metido siempre en aquellos trajes blancos de dril cien, que hacía cortarse a su medida en El Sol. Su pelo encanecido y abundante brillaba bajo la vieja araña del comedor. Federica aprovechaba cada vez que cruzaba a sus espaldas para torcerle la boca, en una mueca de desagrado. Lo único que no podía conseguir Salvador Morales era que Claraluz se sentara con ellos a la mesa, porque siempre, invariablemente, la muchacha regresaba de la calle pasadas las ocho, cuando ya casi habían terminado el rito de los jueves, y estaban sentados en la saleta, a la espera del café que Federica serviría de un momento a otro, en bandeja de plata. Las cosas no andaban bien para nadie, pero Salvador Morales quería sentirse optimista:

—Los cubanos han sabido salir siempre de sus crisis —decía con desenfado, tratando de refutar el tono amargo de su amigo—, si tenemos un buen precio este año en el azúcar, las cosas se arreglan, viejo.

—No me refiero a la economía, como comprenderás. Me estoy refiriendo al clima general. Es para preocuparse. Si Batista no hace algo, y pronto, todo se va a pique, te lo aseguro.

El doctor Morales no había dejado de observar el movimiento de las manos de su amigo mientras hablaba:

—¡Batista!, ¿pero de verdad tú crees, Álvaro, que Batista sirve para algo?

Era Carmen que había saltado de su asiento como movida por un resorte. Siempre le irritaba la admiración de Álvaro por el General.

—Tú me perdonas, pero ese hombre es un dictador y no

sirve para nada.

Álvaro tragó en seco antes de precipitarse a contestarle a Carmen como hubiera deseado, con aquella furia que le asomaba a los ojos y una violencia de la que él mismo se sorprendió. El general Batista era algo muy personal para el doctor Sánchez, no sólo un viejo conocido suyo, sino la persona por la que más admiración parecía sentir, pues se pasaba el tiempo ponderando unas virtudes que a Salvador Morales en particular le dejaban indiferente. Le parecía que su amigo exageraba cuando se refería al General y a los lazos de amistad que decía unirlos, pero nunca intentó contradecirlo. ¿Para qué?

Álvaro Sánchez caía en la categoría de los hombres a los que nadie podía llevarles la contraria, ni siquiera la esposa. Quizás por eso se había casado con una mujer mansa, que sabía cuidarse muy bien de despertar en él su terrible desdén por la humanidad y en especial por el sexo femenino. Aquella víctima sucumbió pronto a una enfermedad que ni los mejores doctores pudieron explicarse nunca, una enfermedad que fue minándole cuerpo y alma. A la vuelta del viaje de luna de miel a Miami, la pareja se instaló en la casa que todavía hoy sigue siendo la de Álvaro y, por expreso deseo de éste, la mujer se encerró entre aquellas cuatro paredes para muy pocas veces tomar el sol o salir a la calle, a menos que fuera acompañada por su marido. Como Álvaro tenía la consulta en la misma casa, llevaba un control absoluto de todo lo que ocurría en el hogar y, por lo tanto, de su pobre mujer. Veinte años de condena acabaron por desatar en ella una languidez y un estado de nervios que terminaron por llevarla a la tumba, sin proferir —como había vivido— queja alguna. Las dos o tres amigas que tenía —cuyos esposos eran a su vez amigos de Álvaro—, no perdían la ocasión de recomendarle que se alejara de su encerramiento, al que ya se había acostumbrado; se encogía de hombros y repetía que le gustaba vivir así según la voluntad de su marido, que para ella era —con todos su defectos, decía, un buen hombre. Si no habían tenido hijos era porque él detestaba a los niños y en más de una ocasión le había exigido que abortara, embarazos que para colmo de males la ponían al borde mismo de la muerte y enflaquecía hasta perder el control de su peso.

La puerta abierta

—Encontré la puerta abierta —dijo él, con una timidez que parecía contrarrestar con lo que evidentemente acababa de hacer.

—Federica no está —dijo ella sin reponerse todavía del susto—, acaba de marcharse.

—¿Hace mucho?

—Bueno, quizás una media hora,

El no se movía del dintel de la puerta. Era alto, delgado, un mestizo con cara un tanto huesuda donde sobresalían a primera vista los pómulos. Tenía el pelo ensortijado, del color de la miel. La mirada inquieta delataba en él al hombre inseguro, tímido. Claraluz lo contempló una vez más, parado allí, sin saber qué hacer o decir, antes de proponerle que fueran a la sala. Realmente era una situación extraña, sobre todo porque Claraluz recordaba haber visto a aquel hombre sólo en una o dos ocasiones. Si el doctor Morales y Carmen lo encontraban allí, a la puerta de su cuarto, no sabría cómo explicarles la presencia de Pedro, el hijo de Federica.

—El problema —dijo él lentamente, con voz temblorosa, mientras echaba a andar seguido por la muchacha—, el problema — balbuceó, y se detuvo en mitad del pasillo, para volverse de pronto hacia ella—, es que quisiera pedirte un favor.

Claraluz sintió que algo grave estaba pasando.

—Bueno, tú sabes... el problema... mira, la verdad —dijo de sopetón—, es que no puedo volver a casa.

La muchacha se sobresaltó; no le gustaban las confesiones y ésta le agradaba menos, porque no quería problemas con Federica, por quien sentía un verdadero cariño. Sólo atinó a decir:

—Federica anda muy preocupada...

—Pero ella no debe saber nada. La cosa es que estoy

metido en un lío y si me voy para mi casa me agarran.

Habían llegado a la sala, pero las últimas palabras de Pedro la inmovilizaron; en menos de un segundo cruzaron por su cabeza tres o cuatro situaciones horripilantes, de las que sólo se libró cuando la voz de él le sacó de su estupor:

—Mi madre me habla siempre de ti, Claraluz, dice que eres una buena muchacha.. y yo he pensado que tal vez... pudieras ayudarme.

—¿Ayudarte? —le respondió aterrorizada.

—Quizás es pedirte demasiado, pero no puedo confiarme en nadie más. Tienes que ayudarme, Claraluz.

La voz sonaba terrible. La había tomado por los hombros y suplicaba de un modo que la muchacha se sintió llena de terror.

—Será tan sólo por unos días, hasta que las cosas se calmen y yo pueda huir.

—Pero, ¿huir de qué, de quiénes? ¿Qué has hecho? —logró zafarse de aquellas manos que la aprisionaban y, asustada, se sentó en una de las butacas del salón.

—No puedo explicártelo, pero tienes que creer en mí. El único favor que te pido es que me escondas.

Claraluz pensó que quizás fuera cierto y que la vida de aquel hombre podía depender de ella. Pero, ¿cómo podría esconderlo ella, precisamente allí, en la misma casa donde trabajaba su madre, y a los ojos del doctor Morales y de su esposa? ¿Cómo engañar a tanta gente que siempre había confiado en ella, que le habían ofrecido un hogar? ¿Y para qué? ¿Habría matado Pedro a alguien? ¿Quizás a alguna vieja para robarle? ¿Y si se trataba de un desquiciado mental, de esos que salen a la calle a matar jovencitas incautas como ella? Se puso de pie de un salto y echó a correr hacia la puerta de la calle. El la alcanzó por un brazo, tratando de evitar que saliera a la calle. Iba a gritar, pero no pudo, no podía articular palabra.

—Claraluz, por favor, entiende —gritó sin soltarla—, no tengas miedo, te juro que no he matado a nadie, si es eso lo que estás pensando. Hace tres días que me andan persiguiendo, pero no por asesino, sino por revolucionario. A mí y a otros nos descubrieron en plena acción y no me ha quedado más camino que venir aquí. ¿Quién va a sospechar de esta casa, de ti?

Sí, ¿quién iba a sopechar de ella, tan joven, tan despreocupada de la vida, tan alegre, con esa vivacidad que los envolvía a todos en la casa? Así que terminó escondiéndolo en el pequeño cuarto que servía para amontonar trastes viejos y revistas, un lugar a donde no entraba ni la misma Federica por miedo, decía, a los ratones. Lo escondió allí, como pudo, en medio del desorden reinante, acomodando una frazada que tomó de su cuarto, y un par de almohadas. Había convenido en que le llevaría una vez al día la comida, cuando todos estuvieran dormidos o ausentes.

El lugar era una verdadera ratonera. Un pequeño cuarto de desahogo, con muy poca ventilación y un inodoro en desuso en una esquina. Aunque concebido originalmente para cuarto de servidumbre, lo cierto era que nunca fue utilizado para esos menesteres, sino para guardar lo que iba siendo inservible o cosas que alguna que otra vez se entregaban para obras de caridad a la parroquia.

La decisión

Álvaro Sánchez fumaba con impaciendia un enorme tabaco; hacía una media hora le había hablado al doctor Morales, pidiéndole que viniera a verlo cuanto antes. Cosa insólita en un hombre tan metódico como él; pero sentado allí, con la impaciencia royéndole el alma, ni el mismo se reconoce, y sus manos no cesan de temblar, en un gesto que ya se le ha hecho crónico.

—¡Caramba!, al fin llegas. Te has demorado más de lo que imaginaba.

—Pues, chico, —dijo el doctor Morales tomando asiento frente a él, en la butaca que en aquella consulta debía corresponder al paciente— he venido volando, creo que en menos de quince minutos.

—Eso te crees tú, pero yo he estado aquí contando los minutos....

—¿Pero qué sucede? ¿Te ocurre algo?

—No, ya te explicaré —y Morales le sintió la voz temblorosa.

—Menos mal, me habías asustado. A propósito, antes de que empieces a hablar, ¿no tienes por ahí un cafecito?

—Perdóname, viejo, pero le he dicho a la criada que no venga hoy y la verdad es que prefiero hablarte ya, así que escucha. Luego nos iremos a tomar uno a la calle.

—¡Qué apuro, por Dios!, ni que se tratara de algo de vida o muerte.

—Para mí sí, me comprenderás enseguida. No quiero demorar más esta tortura.

El doctor Morales se revolvió en su butaca, ahora inquieto.

—Bueno, pues que me quiero casar mañana mismo con Claraluz.

Salvador Morales pegó un salto en su asiento, pero se

recuperó enseguida, incapaz de creer lo que había oido.

—¿Que te quieres casar mañana mismo con Claraluz? ¿Tú? ¿Con Claraluz? ¿Pero cómo ha sido eso? ¿Cómo es que me lo has ocultado hasta ahora? , —se encolerizó de pronto, se sentía estafado—. ¿Y cómo es que esa muchacha no nos ha dicho nada?, no puedo creerlo.

—Espera, no te pongas así, Salvador, déjame explicarte —el doctor Álvaro Sánchez parecía ahora más seguro de sí—, Claraluz no sabe nada, apenas si hemos cruzado unas palabras durante mis visitas de los jueves a tu casa. Pero yo me he enamorado locamente de ella, y quiero casarme, es todo. ¿Te parece mal?

Salvador Morales no salía de su asombro.

—Pero si tú mismo me has jurado que no volverías a casarte por nada del mundo, si siempre te he oído hablar con desprecio de las mujeres.

—Todo eso que dices es cierto y yo soy el primero en sorprenderme. Durante más de diez años he estado visitando tu casa los jueves, he visto crecer a Claraluz y eso es todo. Pero, ¿qué quieres?, de pronto, me he enamorado de ella. Llámale como te parezca a esto: capricho de viejo, chochera o lo que sea, pero voy a casarme con ella. Para eso te he hecho llamar, eres como su padre.

—Un momento —dijo un acalorado Morales—. Quiero entender eso de tu enamoramiento con esa niña. No me importa que tú seas, como eres, un viejo de sesenta y un años y ella una jovencita de dieciocho. Lo que sé es que no hay dios que me haga comprender eso de que te vas a casar con ella, aunque apenas si han cruzado unas palabras y la novia no sabe nada. ¿Te has vuelto loco? ¿Quieres explicarme?

—No te pongas irónico, ya sé que quieres mucho a Claraluz, que ha crecido en tu casa, que eres incluso su padrino, que te la confió su madre antes de morir. Todo eso está claro para mí, pero también estoy seguro de que queriéndola como la quieres tendrás que admitir que éste es un matrimonio que le conviene mucho a Claraluz. Aquí en esta casa encontrará también un

130

verdadero hogar, y yo seré la sensatez para ella; incluso si prefieres verlo así, el padre que nunca tuvo.

Salvador Morales lo miró fijamente, y por primera vez vio a su amigo en toda su dimensión; no podía evitar que las palabras de Álvaro le produjeran un pequeño sobresalto en la boca del estómago. Era demasido, se dijo a sí mismo, mientras se levantaba de su asiento visiblemente molesto y se despedía a toda prisa del amigo.

Todavía al borde de la escalera tuvo que soportar el cinismo del hombre que durante diez años había sido su amigo sin conocerlo verdaderamente.

—Espero que me des una mano con Claraluz, viejo —le dio una palmada en la espalda, al tiempo que se apresuraba a acompañarlo hasta la puerta de la calle.

—Lo siento —gritó Salvador Morales, mientras descendía a toda prisa las escaleras, seguido del otro—. Es un asunto que tendrá que decidir por sí sola Claraluz.

El matrimonio

Se casaron casi inmediatamente y fueron a instalarse en la casa de Álvaro Sánchez, en los altos de la ferretería. Afortunadamente para la muchacha, el viejo caserón no carecía de comodidades y privacidad. Un largo balcón a todo lo ancho daba a la bulliciosa calle y estaba separado de la casa inmediata por un hermoso guardavecino de hierro forjado. Abajo, el quehacer de la calle comercial contrastaba con el ambiente sobrio que el doctor había impuesto en la casa. Muebles macizos, de caoba oscura, cortinas deslavadas y un parabán de vidrio laqueado —que no dejaba adivinar el interior de la vivienda—, presidían la sala que servía a su vez de antesala a la clientela del médico. Las paredes estaban pintadas de verde oscuro y un par de paisajes egipcios, con pirámides y palmeras, eran los únicos adornos de que disponía el lúgubre salón, además de la imagen de Pío XII bendiciendo al propietario, que colgaba precisamanete junto al parabán. Podía adivinarse el resto, aunque el visitante no tenía modo de dirigir su vista más allá de la entrada del pasillo.

Cuando Claraluz tomó posesión de la casa, lo primero que hizo fue cambiar las estampas egipcias y poner otras que había encontrado en la calle Reina, en una de esas casas comerciales que se dedicaban a la venta de cuadros y estampas religiosas.

—Estas palmas se parecen más a las nuestras, ¿no? —le explicaba a Álvaro, mientras subida en una silla colocaba allí con entusiasmo renovador un par de palmeras tropicales, junto a un mar caribeño.

—No sé, siempre habían estado ahí, ¿para qué cambiarlas? —refunfuñó Álvaro, enemigo de todo lo nuevo.

—Egipto es para los enfermos, Álvaro. Esas pirámides recuerdan demasiado a los muertos, mientras que mis palmas son símbolos de vida, de vacaciones. Además tus pacientes veranean todos en Miami: hay que recordarles que de aquí, de tu consulta, saldrán completamente recuperados para esos paraísos.

Álvaro no quiso decir nada más. En realidad ya lo tenían harto a él también esas pirámides.

Claraluz continuó con sus cambios sustanciales en el interior de la casa, aunque no se atrevió a tocar la consulta. Le asqueaban aquellos instrumentos niquelados y se sentía mareada con sólo asomar allí la cabeza. Alcohol, alcanfor, cloroformo, vendajes y lociones rosadas, en medio de un ambiente deprimente. No, el mundo de Álvaro Sánchez no le interesaba.

Una vida quizás

Abrió los ojos y comprobó que todo estaba en su sitio, que a través de los cristales de las ventanaas, una luz de primavera hacía resaltar el ángulo más oscuro de aquella habitación. Suspiró y se volteó en la cama, cubriéndose totalmente la cabeza. Tenía sueño, hambre, nostalgia. Quizás estaba poniéndose demasiado melancólica para su propio gusto. Detestaba ese estado de cosas que arrastran los inertes, los vagabundos del alma, como ella calificaba a todo el que fuera incapaz de quitarse con agilidad los malos pensamientos. Pero a veces, ya fuera o no pleno verano, le hartaba aquella vida suya tan estable en apariencias, pero que se sostenía tan sólo por un esfuezo infinito, al que ella, tras mucha paciencia y una extraña virtud de desoblamiento, había conseguido acostumbrar a los otros. ¿Y quiénes eran ésos, los otros? ¿Quiénes, sino sus propios amigos, y una rueda de fantasmas que poblablan las tardes y las noches de su mundo, de su pequeño mundo? Ella, fuente inagotable de energía, parecía ahora vencida.

Saltó de la cama. Pensó que estaba demasiado gorda para cualquier esfuerzo excesivo y se prometió a sí misma un desayuno ligero: jugo, miel y una tostada de pan de avena. Nada de mantequilla ni de chocolate, ni mucho menos aquellas mermeladas con las que solía alegrar las primeras horas de la mañana. Se vistió con desgana, sin embargo, y cuando se miró al largo espejo del clóset comprobó con angustia que, efectivamente, en los últimos meses había engordado demasiado, y aquellas bermudas dejaban a la vista la grasa que la inercia y el desonsuelo habían ido acumulando sobre sus rodillas.

"¡Dios mío¡, se dijo horrorizada, si también tenía celulitis. Lo descubrió en el vientre y ciertas partes de los muslos. Piel de naranja. Y se pellizcó y comprobó con angustia su nueva

134

preocupación. ¡Y con lo caro que resultaba cualquier tratamiento de belleza! A menos que me gane la lotería de Nueva York —bromeó para darse ánimo— no podré hacerle frente a esta invasión de fealdad y vejez".

¿Cuántos años tenía? Iba a cumplir cuarenta y uno. Todavía se sentía ágil o lo creía, y la cara no daba muchas señales de vejez, pero la barbilla comenzaba a engrosarse peligrosamente, y los ojos habían perdido, no sólo su clara visión, sino parte de su brillo. No se resignaba a verse en un estado tan lamentable.

Se cambió de ropa, se puso un vestido amplio, que caía desde los hombros y que disimulaba bastante bien su figura. Se calzó unas sandalias, como correspondía con aquel atuendo casi deportivo, y una vez peinada y con un ligero maquillaje sobre el rostro, se preparó el desayuno prometido, suprimiendo incluso a última hora, la tostada de avena. Tenía que reforzar desde ese instante, la voluntad de otros tiempos. Decidió que esa mañana no tomaría el automóvil, que iría andando hasta la biblioteca pública, apenas unas doce cuadras. Caminaría lentamente, respirando como había aprendido en los libros, deteniéndose en las vidrieras de los establecimientos que encontrara en su camino y hasta quizás comprara algo, cualquier bobería que diera gusto a su espíritu tan conturbado esa mañana.

La bibliotecaria la llevó al piso superior para mostrarle dónde se alineaban los libros de dietas. Allí estaban los títulos más famosos, los más reconocidos, los que a lo largo de los últimos años fueron imponiéndose por temporadas, para después caer en el olvido. Luego de echarle un vistazo a varios, escogió los que le parecieron más prácticos, los más sencillos. Nada de tediosas recetas a base de raíces, ni maratones de resistencia; adelgazaría lenta y convenientemente, sin mucho esfuerzo de su parte, sólo un poco de voluntad, se decía en silencio para darse ánimo

Tomó cinco libros y se los llevó con ella. Y aunque al regreso cargada con los libros, la caminata se hizo más pesada, parecía haber recuperado de pronto la actitud triunfante de la Claraluz de veinte años atrás.

Se miró en el espejo de un escaparate y hasta se encontró

realmente otra: deambuló una buena media hora fisgoneando en las tiendas que encontraba a su paso, para luego reprocharse el tiempo perdido. Pero perder el tiempo era una de las formas que ella tenía de pensar, dándole rienda suelta a un montón de cosas que se le agolpaban en el cerebro. Salir de las tinieblas no era fácil, ella lo sabía. Los había engañado a todos: al doctor Salvador Morales y a su mujer Carmen; a Federica; a Álvaro Sánchez y, por supuesto, a Pedro. Y vivos y muertos, sus fantasmas eran como las ardillas, aprovechaban el mejor tiempo para reaparecer. Pedro, nada menos que Pedro, asomaba de nuevo ahora, entre la maraña de pensamientos que inundaban la vida de Claraluz. Pedro en carne y hueso, como un muerto resucitado, un amigo perdido en la bruma de aquellos años tórridos en que la juventud y la inocencia se pagaban muy caro.

Se demoró una media hora en ir y volver del aeropuerto de Newark a su casa. Lo había reconocido enseguida entre la multitud de viajeros que se precipitaban hacia las salidas. Era el mismo Pedro de siempre, pero ahora el pelo rizo estaba lleno de canas, la piel del rostro muy estirada y los ojos hundidos. Llevaba un traje claro, de corte barato, que Claraluz imaginó había pertenecido a alguien más. Un Pedro provinciano, que caminaba arqueando un poco las piernas, como un vaquero que recién se hubiera desmontado de su caballo. Pero las primeras impresiones de Claraluz no tenían otro mérito que ser eso, primeras impresiones.

Pedro la abrazó con torpeza; tenía miedo a que no fuera la misma, a que la vida la hubiera convertido en algo extraño y lejano. Durante el camino apenas si cruzaron palabras; la mirada de él lo abarcaba todo y Claraluz prefería a que llegasen a la casa para hablar.

—En Miami —dijo él para romper el silencio de una vez por todas—, me dieron tu teléfono.

Una explicación

—Casi me escapé —le oyó decir desde la sala, mientras ella preparaba un café en la pequeña cocina—. No me fue fácil, pero aquí estoy.

—A lo mejor es que tenías que pasarte la vida escapando. Era tu destino —Claraluz se acercó con una bandeja y el aroma del café recién hecho y humeante los envolvió— como el mío parece que fue siempre esperarte.

Letanía del Comité
de Defensa de la R

Líbranos, Señor
Líbranos, Señor, del Comité,
del Comité.
Líbranos de los chivatos, líbranos;
de los chícharos y las merluzas, líbranos,
líbranos de los milicianos, líbranos,
y de los cagados, líbranos.
Del ojo ciego, líbranos,
de la lengua de trapo, líbranos,
del payaso marxista, líbranos,
de la momia leninista, líbranos,
de las aves de rapiña, líbranos.
Líbranos de la carne rusa,
de los zapatos plásticos, líbranos,
del trabajo voluntario, líbranos
y del corte de caña, líbranos,
que yo no tumbo caña,
que la tumbe Lola con su movimiento.
Líbranos de Fidel,
y líbranos del Ché.
Líbranos, Señor, del Comité,
del Comité.
Esta no es tu casa, Fidel.

Informe del Presidente del Comité

En mi categoría como presidente del Comité de Defensa de la Revolución "Primero de Mayo", del barrio de Centro Habana, cuadra 234, me permito informarles acerca de la compañera Lina Gorgona, miembro activísima de esta institución que presido; que la misma ha mantenido una actitud vertical hacia la Revolución y todas las tareas que el Partido nos ha encomendado. Aunque hubo cosas en ella que despuntaron en un primer momento, quiero afirmar que la compañera Lina Gorgona no es un elemento negativo en la cuadra, todo lo contrario. Estoy seguro de que la envidia que provoca su diligencia y activismo son las causantes de que las malas lenguas hayan estado corriendo la bola de que la han visto volar como una bruja y que su casa es un nidal de actividades ilegales de ese tipo. Lina Gorgona es madre ejemplar, revolucionaria intachable, cederista eficientísima, y su hogar es un verdadero baluarte de la Revolución. Rumores mal intencionados, no sabemos con qué propósitos, se atreven a levantar sus enemigos de hoy. Lina Gorgona, compañeros, merece nuestra admiración y respeto, porque es una cederista de Patria o Muerte y ningún infundio de la CIA, ni de sus cómplices podrán confundirnos. ¿Qué revolucionario verdadero — me pregunto ante esta serie de infundios— cree en las brujas o en los poderes sobrenaturales? ¿Qué han dicho Marx, Lenin o Fidel sobre las brujas? Estudiemos las fuentes de las que nos nutrimos los revolucionarios verdaderos y sepamos de una vez por todas que la superchería es un arma de los enemigos que quieren destruirnos, y que ustedes como yo saben muy bien cómo se llama: Imperialismo yanqui.

Rapsodia del que llega

Rapsodia del que llega
Del que sale a navegar
en las aguas del
Espíritu
y se instala para siempre en una roca,
su roca.
Rapsodia del
solitario y luminoso
como una estrella
en medio
del camino.

La llegada

Era abril y llovía, un agua gruesa que empapaba las paredes y hasta el alma. ¿Te acuerdas? Por fin había llegado el día de la partida. ¿Cuánto faltaba para que todo perdiera entonces su consistencia, su realidad, para que empezaran a contar de nuevo otras verdades? Quizás la vida.

El cielo cayéndose a pedazos encima de los hombros, la luna entrando por la ventana, los pies ardiendo, la cabeza helada en pleno agosto. Esa soy yo, ésa que ahora prepara una pequeña maleta: nada de valor, ni ropas, ni prendas. Ya me las arreglaría. El viaje, el viaje, el viaje. El viaje mío, el mío, el mío, al fin. Todo en orden, todos los papeles allí ahora, encima de la cómoda: pasaporte, pasajes, carnet de identidad, autorización de salida del país. Y un poco más allá, sobre la cama, el vestido blanco, hecho a toda prisa.

—Quiero de esta tela —le dijo al dependiente de la tienda.

—Déjeme ver su libreta. Esa es por el cupón principal. ¿No ve que es de $3.60 la yarda?

Sabía que no tenía ese cupón, pero me arriesgué a entregarle la libreta al vendedor.

—No, no le toca. Tendrá que llevar otra. Esas de $1.50 Tiene aún tres yardas por coger.

Lo miré a los ojos con desesperación. Era un hombre canoso, delgado, de maneras suaves. No parecía muy alterado por la cantidad de público que se aglomeraba enfrente esperando su turno de compra.

—Es para una promesa, compañero. —le dije casi al oído, sin pensarlo dos veces, y alargando con especial énfasis aquel "compañero" —. Necesito esa tela blanca, no otra. Una promesa

141

a la Vírgen de las Mercedes.

Ahora fue el hombre quien levantó los ojos hacia mí y me miró despacio. Esperé resignada la negativa o, lo que sería mucho peor, la delación a la policía, o el insulto:

—Está bien, pero llévesela rápido y no le diga a nadie que yo se la di. Está usted de suerte hoy, no quiero que por mí deje de cumplir su promesa.

Hablaba entre dientes, de modo que yo sola lo escuchaba. Le di las gracias, pagué y me marché de prisa.

Había adelgazado demasiado para que me sentara la blancura del vestido, pero terminé de arreglarme como pude. Cuando bajé las escaleras y salí a la calle, me pareció que Reina estaba cubierta por un resplandor distinto. Pero qué absurdo pensar que esa impresión la daban los nuevos acontecimientos de mi vida. Era domingo y temprano en la mañana. Todos estaban encerrados en sus casas y la calle Reina había perdido el bullicio de los días.

De pronto, descubrí en lo alto de uno de aquellos establecimientos, ahora cerrados, la mano de alguien levantada diciéndome adiós. Una vecina.

Todo parece mentira

Necesitaba ese momento. Lo había soñado tanto. Escapaba y le disparaban desde una lancha patrullera. Volaba con sus propias alas, veía la vida desde lo alto de una montaña y a la isla sumergida, hasta que desaparecía del horizonte. Tanto soñó que se atragantó con los sueños, que llegó a pensar que aquello sólo podía existir para ella en su única dimensión, en la irrealidad.

Durante más de diez años había luchado para lograrlo. Se asfixiaba, se sentía aterrorizada. Abría el periódico y allí estaban los muertos, los fusilados, los que empujaban a los otros a un compromiso social. Y sin desearlo, sin proponérselo, se sintió en medio de todo como una piedra o un árbol del parque. Algo que existía a pesar de sí misma.

No le faltaba encanto a la violencia, diría un poeta surrealista, y parecían pensar algunos, pero ella la detestaba. En situaciones semejantes, lo mejor era huir, huir por cualquier puerta falsa, antes de que te atrape la rueda: los compromisos, el Partido, el sindicato, las consignas. No, no estaba hecha para nada de eso. Detestaba el mundo de la política, de los oportunistas. No quería doblegarse, no le interesaban los discursos; quería, cuando más, quedarse en su casa y contemplar el mundo desde su ventana. Y ya eso era imposible.

De pronto cerraron la ventana y no hubo más mundo. Sólo el que latía dentro de cada uno. Ser los primeros en las interminables colas, buscar la comida donde apareciese, y también la alegría perdida, la alegría de vivir o, intuyeron otros, la falsa alegría que coreaba consignas en la Plaza. Y comenzaron a quejarse de dolores de cabeza, de úlceras, de nervios, de la columna vertebral. La enfermedad colectiva del desajuste.

Postal

Cuando pases junto al Malecón habanero busca en la lejanía los blancos edificios alzándose en sombras; una línea de gaviotas amarillas y un mar repleto de corsarios. No te dejes vencer por la realidad, la realidad tiene turbantes para engalanar su pena, me decía siempre, sin encontrar consuelo.

Hasta que finalmente me llegó la salida.

Al cabo del tiempo

Me gusta esta ciudad vieja, desdeñosa de lo temporal, atravesada por un río que nadie advierte. Un riachuelo sucio y pertinaz que se acurruca al paso de los automóviles, como si estuviese indefenso de la mirada dura de los otros. Me gustan las casitas apretadas, carcomidas por el tiempo, por las nevadas; la madera humana de sus ventanitas, de sus sótanos húmedos y quejosos, restañando las heridas de la nieve en el corazón de la casa. Me gusta todo: la calle principal, las que se arrastran a lo largo y ancho de sus cuatro esquinas; sus anuncios lumínicos; sus cortapisas para entregarse a los demonios que a veces la visitan como a todos los pueblos viejos; me gustan sus niños y sus ancianos...

Ciudad industrial, cercada de almacenes, protegida del mar y sus pasiones, con un puerto que nadie ve ni visita. Ciudad sucia, impertinente, empobrecida, casi en ruinas, dormida. En fin, ciudad provinciana, sin importarle para nada la cercanía de los rascacielos neoyorquinos. Ciudad nunca imaginada ni soñada por mí, repleta de inmigrantes como yo. ¿O es que no soy uno más en este agobio de los estatus?

Y ahora, al cabo de los años, voy y vengo por ella como el que descubre cada día algo nuevo y distinto, algún recodo inusitado de la imaginación. Ciudad ajena, ¿ajena? Esta es mi ciudad, la saqué a flote cuando se congelaba en la nieve; la descubrí al pie del pantano que separa los sueños de las pesadillas. Le sacudí el polvo y la coloqué de nuevo, como un sueño lúcido, en la corriente de la vida. Tiene nombre de mujer. Se llama Elizabeth, como las reinas inglesas.

Un invierno: la nieve

No sé cómo, pero de súbito ha comenzado a nevar, Pedro. Ha caído la nieve, arrasando con el paisaje. Donde era negra la inquietud ahora es blanca, como teñida de leche, alimentando ilusiones, quimeras. La nieve es así, ya la verás; mil pájaros caprichosos borrando el contexto. ¿Y no era precisamente eso lo que necesitábamos? No lo sé, no estoy segura. La nieve mancha, quema, hiere mis sentimientos, me hace sentir nueva y antigua a un tiempo; me acorrala como a una alimaña en su cueva de palos y ramas secas. Caminar sobre la nieve tiene el encanto de las nuevas sensaciones, pero no produce alegría a los que venimos del trópico, sino desconcierto. Tampoco nos produce estupor, ni sosiego, ni angustia, sencillamente, nada. Es la blancura misma. La nieve está ahí, bajo tus pies, protegidos ahora por botas, y aunque grites y grites, no se derretirá. No podrás lamerla como a un rico helado de coco. La nieve es tu amiga y tu enemiga. Amiga de las niñas y los venados, de las hadas de aquellos famosos cuentos; amiga, dicen, de los poetas, de los amantes, de los locos y las locas. Enemiga de los obreros, de los que se levantan al alba y de los que se acuestan al amanecer. Enemiga de los melancólicos, de los envidiosos que acechan para ensuciarla; de los encorbados y los necios... Del sol es enemiga, claro.

Lo extraño, lo inimaginable es la paciencia con que permanece apostada en la puerta, como un perro, como la planta del nunca morir; como el ave fénix. Cenizas heladas para alcanzar los destinos impacientes de los que llegan a toda hora. Son los emigrantes y también los exiliados.

Nieve por todas partes; nieve en la nieve. Rodeada de nieve. Nieve, nieve, nieve. Nieve de algodón, tiritando en la blancura, llorando junto al árbol impúdico de los años: nevada por dentro y por fuera.

146

Los viajeros distintos

Los que viajan no saben a dónde van, te lo aseguro, a menos que sean turistas. Desde mi asiento del autobús diviso un paisaje deshilachado, desvanecido, pintado con torpes brochazos y colores sucios. Es la velocidad la que sacude nuestros cuerpos y los somete a la cruel persecusión del tiempo.

Miami ha quedado atrás. La línea del horizonte se pierde entre los pinos a la salida de Jacksonville, junto a la carretera. Sacudidos por el viento amable los pinos se desplazan y levantan su aroma al cielo de la tarde. Atravesamos ríos navegables y a partir de ahí todo parece cambiar definitivamente. En el paisaje aparecen las ruinas de una casa quemada, un perro gigantesco de piedra y una mancha en la luna. Savanah. En la cafetería de la estación de ómnibus el sabor ácido del café hace entrar en calor el cuerpo entumecido. La música quiere ser alegre, los pasajeros comen en silencio. Huevos, jamón, hot dogs y salsa de pepinos y mayonesa. Blancas servilletas de papel para nuestras bocas enrojecidas de ketchup. La tienda de regalos.

Cuando el autobús enfila de nuevo por la ruta trazada, se adivina una callejuela, un muro calcinado, una sombra que huye entre los viejos almacenes, ahora en ruinas. La sirena se pasea con la prisa del autobús. Un niño negro nos dice adiós; sobre la pizarra del chofer leo el apellido Clark: es un hombre grueso, casi gris como su uniforme perfectamente planchado. La mirada en la carretera. No sabría decir si está vivo o muerto. Poco importa, el autobús parecería conocer su destino.

La noche llegó envuelta en lluvia. Estamos demasiado lejos del paraíso para poder identificar el sitio. Ciudad de las Carolinas.

Un hombre nuevo al volante. Un viejito con buen humor,

a pesar del mal tiempo. Experto entre la densa niebla y el humo blanco de los grandes camiones que cruzan chirriando a nuestro lado. Al amanecer llegamos a otra estación de autobús idéntica a las anteriores. Bajé al baño. Con los ojos cerrados descubro las casetas con grandes rendijas y puertas cortadas en batientes, con los pies de las apresuradas señoras al aire. Entran y salen en silencio, apretando el conmutador de aire, la máquina blanca y chillona que seca sus manos, o descargan el inodoro varias veces. Son mujeres que adivino pobres, sudadas en pleno invierno, porque están ansiosas. Se miran ahora en los espejos para mujeres despeinadas y bocas resecas por el largo viaje. Luego, en los pasillos, me topo con las vitrinas que parecen esperar por nosotras, repletas de chucherías para mascar y tragar, pero también peines, aspirinas, alkaselzers, toallitas sanitarias, kotes, pastillas para el estómago o el mareo, o simplemente, servilletas de papel, blancas como la nieve del camino.

Siempre hay una empleada limpiando, o que aparenta que limpia y un olor muy fuerte a desinfectante nos devuelve la confianza en un mundo inmaculado. Otra vez el autobús vuelve a partir con su carga de mercancía humana, con sus viejos de ojos somnolientos y sus mujeres pálidas, empolvándose siempre la nariz.

Los pies hinchados y los niños gimiqueando, incapaces de estarse quietos. Otra vez el autobús enfila por la ancha carretera, seducida por la neblina, y de nuevo cruzan ante mis ojos, veloces, las casas y los potreros, las cañadas y los melancólicos pórticos tras los cuales otra gente vive, ama, sufre y muere, sin necesidad de correr como una garza veloz tras el tiempo, como lo hace el autobús.

Una ciudad de New Jersey

A primera vista la ciudad tenía el encanto de los cuentos de hadas; sus casitas pertrechadas contra el frío asomaban con indecisión sobre la acera, volteándose, revolviéndose imprecisas. Casas de caramelo y galleticas de jengibre con minúsculos jardines de setos y flores de nieve. La yerba cortada con exquisita precisión, y más allá flores silvestres, crecidas en un instante de descuido del jardinero, en un intento por desafiar al otoño que ya se acerca. Perales, manzaneros, falsos techos grises, fachadas laminadas y callejones que conducen a patios en penumbra a la caída temprana del sol. Aquí y allá hermosos perros jugueteando con un trozo de hueso, de falso hueso.

Ésta es mi casa, me dije mientras subía las escaleras de madera crujiente, luego de atravesar un pórtico encerrado entre cristales opacados por el polvo del verano. Éstas son mis escaleras de ahora en adelante, por aquí subiré y bajaré día tras día. Al final, la puerta color caoba tenía una connotación especial para mí. Era mi primera puerta en otro lugar lejos de La Habana. Aquí comienza América, me dije con embullo la primera vez que llegué a esta nueva casa. Detrás de esta puerta, yo lo sé, están esperándome hechos distintos, un presente y un futuro nuevos.

Recorrí el largo pasillo a través del cual distinguía la cocina, y me eché a llorar. Un paisaje cada día menos nuevo. Pero después de un tiempo algo se fue apagando en mi inteior: el paisaje extraño iba siéndolo cada vez menos, ganaba en cotidianidad, y ya no concebía la vida sin la mezcla de los dos idiomas. Era inevitable. Las emociones también tenían dos idiomas. Sospecho que a los otros les pase lo mismo.

Recuerdos

El viento batía muy fuerte y yo lo oía zumbar desde mi ventana, mientras preparaba la comida. No sabría decirte, Pedro, si me producía algún sentimiento nuevo, pero a ratos, quizás por distracción, volvía los ojos hacia el rincón de la sala, junto al televisor, para buscar no sé qué sombra intrigante. Era mi imaginación, de seguro, atormentada con falsas visiones del pasado. En noches así ocurría cualquier cosa. El viento seguía soplando con fuerza y ya no le quedaban hojas a los árboles: salir hubiera sido una locura, pero al menos me quedaba la opción de imaginar que podía borrar el pasado, hundir la Isla. No siempre disponía de ánimo para tamaña empresa.

Quizás todo esto que te cuento hoy, cómo transcurrieron los años para mí, no tenga mucha importancia. No era más que una obrera: trabajé primero en una factoría de ropa, pegando botones; luego me coloqué de vendedora en una tienda del centro de la ciudad. A las diez me instalaba delante de aquella ropa barata que se vendía bien.

Fui ahorrando con muchos sacrificios, y un día abrí mi pequeño negocio: una boutique para mujeres provincianas, no me engaño.

La luna es la misma

Busco en el cielo ennegrecido una luna que perdí hace mucho tiempo. ¿Desde cuándo se me escapó? ¿Cuánto hace que aprendí que soy yo la que avanza y se mueve y cambia de sitio y no ella? Mi juego preferido. Pero ahora, al cabo de los años, pisando tierra firme, pongo las cosas en su sitio. Me digo que nada ha pasado y que todo ha pasado. ¿Cuándo dejé para siempre la Isla? ¿Era o sigo siendo una extranjera? ¿Aquí o allá? Nunca lo sabré. Allá hubiera querido disfrazarme de extranjera, caminar sin riesgo por las calles. Hubiera sido la admiración de todos, la que usaba sandalias y sombreros de pajilla contra el sol; la señora extranjera que recibe el mejor de los tratos; la que mira y es mirada con ojos distintos; la alelada, la que comía en los mejores restaurantes; la que tocaba a las puertas humildes (de los nativos) como el que visita una feria; la que hablaba con la negra gorda o el muchachito de ojos pedigüeños. Señora extranjera, seguida en sombras por la policía, recibida siempre por funcionarios públicos con sonrisas falsas que tendrían también una respuesta convincente a cualquier hora. Señora extranjera, que va y viene complacida y dice por el mundo lo que vio sin ver, y que año tras año recibirá una invitación para regresar, con todos los gastos pagados. Pero no, por fortuna, no era una extranjera aquí.

Soy la que huye del horror. Soy la que aterriza temblorosa como si viniera de la luna, la que decidió borrar nostalgias, recuerdos, pasado. La que aprendió a pensar a los treinta años. La que se incorporó otro idioma como el que se estrena un vestido nuevo.

La melancolía

Estoy supuesta a ser una incorregible melancólica. Tú me conoces. En definitiva creo que sólo me gusta la gente melancólica. Por eso nos parecemos tanto. Nunca he tenido mucha paciencia, pero creo que si he aprendido algo es a pararme en fila detrás de alguien y esperar. Ese es mi gran secreto.

Confesión

He sido un crédulo, lo reconozco; la vida fue generando a mi alrededor su savia de negaciones y afirmaciones, pero yo apenas si lo advertía. Creía en lo que creía y eso me bastaba. Por eso a los veinte años me creí con derecho a cambiar el mundo y luché, y cuando llegó la Revolución, que yo había ayudado a construir, creí en ella como el hijo cree en el padre. No siento ahora pudor en reconocer, al cabo de más de veinte años, que me gustaba la justicia social, que alimenté con devoción y sinceridad un sentimiento quijotesco del que fui luego su víctima, como miles de nosotros. Pero tampoco, lo confieso, me fue difícil admitir el cambio: en el fondo, cada día me resentía con cada cosa nueva con la que no estaba de acuerdo. Abría los ojos horrorizado ante la violencia con que se sucedían los hechos. Fui un tonto soñador. Pero lo que se aprende bien, Claraluz, se aprende para siempre. La letra con sangre entra. Así que tú y yo, desheredados de un pasado común, logramos al menos escapar. Un día no me importó no creer más, no desear otra cosa que huir, a cualquier precio, a cambio de una bocanada de aire fresco. Por eso estoy aquí. Y cuando se cruza el mar, cuando ya el muro del Malecón ha dejado de ser frontera de lo imposible, cuando las luces de la ciudad no existen ni en la imaginación, uno se sacude la costra y enfila hacia el horizonte.

En algún lugar de Cuba

En algún lugar de Cuba, bajo la capa trasnochada de una sacerdotisa, de ésas que inventó la leyenda, se esconden los ojos de Lina. Ojos poderosos, sí. Los señoritos extrovertidos de la Acera del Louvre, de finales del siglo XIX, aún la recuerdan.

Juntos veían pasar con odio, sable en mano, la marejada española. Voluntarios en una guerra que ya estaba perdida. Lina era entonces una espía, mensajera silenciosa, llevando y trayendo las intrigas de la época. Trabajando para el gobierno colonial, sintiéndose más española que Mahoma. La Lina de siempre, oliendo fuerte a tabaco, un poco encorbada la espalda, calzada con botines que hacían resaltar aún más la delgadez de sus tobillos.

Casi volando por los soportales habaneros, con su bulto negro al hombro (donde guardaba sus mejunjes), mezclándose con mendigos y pordioseros para reunir información.

Por entonces vivía en aquel cuartico de Luyanó y se las ingeniaba muy bien, con sus artes de magia negra, para sacarle a todo el mundo lo que necesitaba. No, no vivía de la caridad pública, qué va. Vivía de su ingenio. Pero no me gustaría ser injusto con ella, casi me atrevería a decir que ella también era una víctima de las fuerzas del mal.

Estaba viviendo su séptima vida cuando la conocí. De algún modo fui su amigo y logré saber detalles de sus vidas, nunca confesados a nadie. Ya no era la Lina que brilló en el Renacimiento y de la que les he hablado aquí al principio de esta novela, o la hija de esclavos, cuyos padres pagaron por su libertad. A ella le gustaba confundir las épocas, no le gustaba concentrarse en una sola vida, pues se hubiera sentido como una actriz interpretando siempre un único papel.

Nunca se propuso ir a Cuba, pero por uno de esos trasiegos extraños del destino fue a parar a la Isla, llevada de polizonte en

154

uno de los peores momentos de la historia de la corona española, porque estaban a punto de perder a la niña de sus ojos, que era esa tierra a la que Colón llamó la "la más hermosa que ojos humanos vieran".

Soy de opinión que ella no tuvo suerte en sus reencarnaciones, porque vino a nacer en el hogar de un par de gallegos inmigrantes llegados a La Habana en plena guerra de independencia. Nació de cuerpo rechoncho, con una boca pequeña y ojos muy sobresalientes y separados. Apenas si hablaba, aunque se pasaba la vida cuando niña jugando a los "cocinaditos", quizás por su afinidad con los mejunjes de magia negra que serían luego su fuerte, en medio del patio de la vieja casa habanera, junto al río Almendares.

Era aún muy joven cuando nació su hija —por esa época vivía en el centro de La Habana—, y no sabiendo qué hacer con la niña, la dejó abandonada una noche de luna llena y tormenta, en el torno de la Beneficencia de San Lázaro. Hija mítica, de padre desconocido hasta hoy, arrepentida de su mala acción, no paró hasta raptarla años después de la Beneficencia habanera.

Lina ha estado siempre más allá del bien y del mal, y sus sucesivas vidas son el resultado grotesco de una personalidad esquizoide. En ella todo es verdad y mentira. De ahí que Claraluz haya sido encantada por ella —como en los cuentos de hadas—, para sustituir a la hija perdida cuando la entregó a la Beneficiencia. El encantamiento de esta Claraluz tenía un transfondo humano, pues a Lina le gustaba la idea de tener una hija real.

¿Pero el hijo? ¿El reparador de radios? ¿Acaso no era el padre biológico de Claraluz? ¿Era verdaderamente su hijo? No hay tal hijo. Nunca existió. El no era más que un fantasma al que Lina había dado cuerpo, y que de tanto pasearse en pena por los tejados habaneros, tenía la figura mustia y el corazón perplejo. De muy poca utilidad le resultó a Lina, sin embargo, pues ni con sus artilugios de bruja poderosa logró rescatarlo del mundo de sombras en que vivía.

Sin embargo, el encantamiento de la niña Claraluz quedó roto aquel día memorable en que logró huir de la casa de Lina. La otra Claraluz, la hija de la sirvienta del doctor Morales, se marchó a los Estados Unidos tras diez largos años de estar intentando salir del país, casi inmediatamente tras la muerte de su marido, el doctor Álvaro Sánchez. Por fortuna, ahora ella ha podido rehacer su vida con Pedro, el hijo de Federica, y piensan casarse muy pronto.

También ha sido dura la vida para la otra Claraluz, la esposa de Javier. Un día, finalmente, salió de la cárcel, pero trabajo le costó marcharse del país. Primero llegó ella con sus dos hijitas a Miami y luego, al cabo de cuatro años, dejaron salir a Javier. En la oficina de Inmigración siempre le ponían obstáculos, porque es una tortura bien pensada, y el oficial de turno no se cansaba de repetirle que se marchara a su casa, que ya le avisarían cuando le tocara. Pasó el tiempo, hasta que un día se las ingenió para volar a Costa Rica y de ahí, al cabo de dos años, se reunió en Miami con Claraluz.

La Odisea —dice siempre Javier con sorna —, no la escribió Homero, sino más de un millón de cubanos.

Fue así como se diseminaron para siempre las tres Claraluz de esta historia, cuando la más pequeña, la Claraluz encantada por Lina logró llegar a la Florida en uno de esos barcos camaroneros que traían gente durante la estampida del Mariel. De este modo se rompió la cadena de reencarnaciones a la que Lina la había sometido. Y recuperando su verdadera identidad, la niña Claraluz se reunió en Tampa con su madre, donde vive en la actualidad.

Después de la huida de Claraluz, a Lina no le quedó otro remedio que inventar una nueva historia, y ha vuelto a incorporarse a sus labores habituales en las Brigadas Sanitarias y el Comité de Defensa, y asiste con puntualidad a los llamados de la Federación de Mujeres para realizar trabajo voluntario en el campo.

No ha envejecido un ápice desde que Claraluz se le escapó

de entre las manos y explicó a todos su ausencia diciendo que la había enviado a estudiar ruso a Mongolia, sin importarle para nada que alguien pudiera extrañarse de semejante incongruencia, pues es bien sabido que en ese país lo que se habla es el mongol o sabrá Dios qué, pero nunca el ruso.

Su "hijo", que no era eterno ni tenía siete vidas como ella, murió un día envenenado por una pócima, en la creencia de que tomaba café, dato señalado por los médicos que le realizaron una autopsia. El informe de la misma confirmaba que Él había fallecido a consecuencia de una enfermedad del hígado, producida por ingerir excesivas dosis de café adulterado, donde se habían mezclado viejas borras con tierra abonada con nitratos y otras sustancias extremadamente venenosas. Porque Lina era capaz de todo, con tal de gritar a los cuatro vientos que en la Isla no escaseaba nada, ni siquiera el café.

Rapsodia del Muro del Malecón

Allá en La Habana,
allá en la Habana
el sol se pone en el Malecón.

Frontera de los vivos y los muertos,
espejo del soñador,
cueva de mochuelos,
jardín sin color.
Altar mayor,
uña de ciclón,
r e v o l u c i ó nnnnnnnn.

Muro de paseantes y fantasmas,
trono de la muerte,
y los niños, piedras
sólo piedras, y la gente,
impaciente...

Los pescadores del Malecón,
¡ay, qué triste!,
no creen ya ni en Dios.

El muro del Malecón

I

Allá en La Habana
allá en La Habana
hay un muro de contención,
—como en Berlín—,
en el Malecón.

Naufragios, sólo naufragios.
Aquí naufragó el Titanic,
frente al muro del Malecón,
aquí se quedó sin ruedas la inocencia,
aquí se levantó un castillo de naipes
y el mundo entero apostó,
pero no se derrumbó.

Qué se caiga, qué se caiga,
el muro del Malecón.

II

Si alguien quiere sentarse
en el muro del Malecón,
allá en La Habana,
allá en La Habana,
que cante !"aleluya, aleluya"!
" ¡lagarto, lagarto!",
para que el demonio huya
harto,
del muro del Malecón,
para que San Alejo aleje
la mala muerte
y la mala suerte.

¡Ay, sí señor!
Qué se caiga, qué se caiga.
el muro del Malecón,
allá en La Habana.
allá en La Habana.

Qué sí, señor.

Índice

Princeton. N.J., 17 de mayo, 1985

Reescrita en Fort Worth, Texas, en 2003

www.ingramcontent.com/pod-product-compliance
Lightning Source LLC
Chambersburg PA
CBHW051827170626
46807CB00003B/1067